Wang Zengqi

Selected Works

《汪曾祺别集》编辑委员会

顾问：汪　明　汪　朝
主编：汪　朗
编委：苏　北　龙　冬　顾建平　徐　强
　　　陶庆梅　杨　早　凌云岚　王树兴
　　　宋丽丽　汪　卉　齐　方　李建新

汪曾祺别集

汪 朗 主编

梦见沈从文先生

凌云岚 编

浙江文艺出版社

作者,一九九五年初住院期间

二十世纪四十年代后期的作者

一九六一年,作者与老师沈从文在北京中山公园

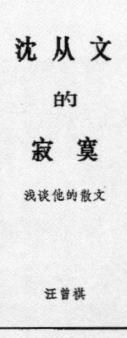

一九八一年湖南人民出版社出了沈先生的散文选。选集中所收文章，除了一篇《一个传奇的本事》、一篇《张八寨二十分钟》，其余的《从文自传》、《湘行散记》、《湘西》，都是三十年代写的。沈先生写这些文章时才三十几岁，相隔已经半个世纪了。我说这些话，只是点明一下时间，并没有太多感慨。四十年前，我和沈先生到一个图书馆去，站在一架一架的图书面前，沈先生说。"看到有那么多人写了那么多书，我真是什么也不想写了！"古往今来，那么多人写了那么多书，书的命运，盈虚消长，起落兴衰，有多少道理可说呢。不过一个人被遗忘了多年，现在忽然又来出他的书，总叫人不能不想起一些问题。这有什么历史的和现实的意义？这对于今天的读者——主要是青年读者的品德教育、美感教育和语言文字的教育有没有作用？作用有多大？……

这些问题应该由评论家、文学史家来回答。我不想回答，也回答不了。我是沈先生的学生，却不是他的研究者（已经有几位他的研究者写出了很好的论文）。我只能谈谈读了他的散文后的印象。当然是很粗浅的。

文如其人。有几篇谈沈先生的文章都把他的人品和作品联系起来。朱光潜先生在《花城》上发表的短文就是这样。这是一篇好文章。其中说到沈先生是寂寞的，尤为知言。我现在也只能用这种办法。沈先生用手中一支笔写了一生，他用这支笔写了他自己。他本人就象一个作品，一篇他自己所写的作品那样的作品。

我觉得沈先生是一个热情的爱国主义者，一个不老的抒情诗人，一个顽强的不知疲倦的语言文字的工艺大师。

《沈从文的寂寞》初刊本书影

出版说明

二○二○年是作家汪曾祺先生诞辰一百周年。为纪念汪先生，我们编选了这套《汪曾祺别集》。

汪曾祺的老师沈从文先生辞世后，家属借岳麓书社提议出版沈先生作品的机会，与吉首大学沈从文研究室合作，编选了一套二十册袖珍本集子，并根据汪曾祺先生的建议，定名为《沈从文别集》。这套选本款式朴素大方，编选方面的特别处在于，除了旧作，每本书前面增加了一些杂感、日记、检查、书信，以帮助读者更全面地理解作者和他的作品。

《汪曾祺别集》即参照《沈从文别集》的体例，从目前所见的汪曾祺全部作品中精选出二十册小书，在纪念汪先生的同时，向沈先生致敬。

本书大致依体裁、主题分集，希望在编辑、校订方面尽可能精审，遵循的基本原则如下：

一、以初版本或作者改订本为底本，参校以初刊本，作者手稿、手校本。不论所据底本为何种形式，全书统一为简体横排，标点符号统一为新式标点。

二、底本误植处，据校本或上下文可明确推断所误为何，由编者径改；底本与他本相抵牾而无法判断者一仍其旧。

三、可见作者习惯的异体字不做改动；通假字，侧重记音的方言用字，象声词，及外国人名、地名译法，仍存旧貌；意义完全相同的同一字，及同一人、地、物名，在同一篇内保持一致。

四、在早期作品中，作者习惯使用或现代文学创作中尚不规范的"的"、"地"、"得"、"做"、"作"、"那"、"哪"等词用法，不强做规范处理。

五、全书中的数字，除特殊情况外，统一为中文数字形式。

六、题注、收信人简介以仿宋体排于篇首页页下。正文中作者原注和编者注均以脚注形式标在当页。作者原注排为宋体；编者所做的必要注释以"编者注"字样标出，排为仿宋体。

七、独立成段的引文统一使用仿宋体，另行起排，段首缩进两字。

八、每篇文章的题注以脚注形式标在篇首页，排为仿宋体。所注信息包括初次发表时间、报刊名（初刊），初版图书名（初收）等。涉及的初版图书包括以下版本：

《邂逅集》，文化生活出版社一九四九年四月版；

《羊舍的夜晚》，中国少年儿童出版社一九六三年一月版；

《汪曾祺短篇小说选》，北京出版社一九八二年二月版；

《晚饭花集》，人民文学出版社一九八五年三月版；

《汪曾祺自选集》，漓江出版社一九八七年十月版；

《晚翠文谈》，浙江文艺出版社一九八八年三月版；

《茱萸集》，联合文学出版社一九八八年九月版；

《蒲桥集》，作家出版社一九八九年三月版；

《旅食集》，广东旅游出版社一九九二年四月版；

《世界历史名人画传·释迦牟尼》，江苏教育出版社一九九二年七月版；

《汪曾祺小品》，中国人民大学出版社一九九二年十月版；

《中国当代作家选集丛书·汪曾祺》，人民文学出版社一九九二年十二月版；

《汪曾祺散文随笔选集》，沈阳出版社一九九三年六月版；

《菰蒲深处》，浙江文艺出版社一九九三年六月版；

《榆树村杂记》，中国华侨出版社一九九三年九月版；

《草花集》，成都出版社一九九三年九月版；

《汪曾祺文集》（五卷），江苏文艺出版社一九九三年九月版；

《塔上随笔》，群众出版社一九九三年十一月版；

《中国当代名人随笔·汪曾祺卷》，陕西人民出版社一九九三年十二月版；

《矮纸集》，长江文艺出版社一九九六年三月版；

《逝水》，中国青年出版社一九九六年三月版；

《独坐小品》，宁夏人民出版社一九九六年十一月版；

《去年属马》，北京燕山出版社一九九七年八月版；

《中国当代才子书·汪曾祺卷》，长江文艺出版社一九九七年九月版；

《汪曾祺全集》（八卷），北京师范大学出版社一九九八年八月版；

《汪曾祺全集》（十二卷），人民文学出版社二〇一九年一月版。

题注中只列上述书名,不另标注出版时间和出版社名;《汪曾祺全集》以"北师大版"和"人民文学版"作为区分。

虽已竭尽全力,本书仍可能存在各种问题,期待读者诸君批评指谬。

《汪曾祺别集》编辑委员会
二〇一九年十二月六日

总　序

别集，本来是汪曾祺为老师沈从文的一套书踅摸出的名字，如今用到了他的作品集上。这大概是老头儿生前没想到的。

沈先生的夫人张兆和在《沈从文别集》总序中说："从文生前，曾有过这样愿望，想把自己的作品好好选一下，印一套袖珍本小册子。不在于如何精美漂亮，不在于如何豪华考究，只要字迹清楚，款式朴素大方，看起来舒服。本子小，便于收藏携带，尤其便于翻阅。"这番话，用来描述《汪曾祺别集》的出版宗旨，也十分合适。简单轻便，宜于阅读，是这套书想要达到的目的。当然，最好还能精致一点。

这套书既然叫别集，似乎总得找出点有"别"于"他

集"的地方。想来想去,此书之"别"大约有三:

一是文字总量有点儿不上不下。这套书计划出二十本,约二百万字。比起市面上常见的汪曾祺作品选集,字数要多出不少,收录文章数量自然也多,而且小说、散文、文学评论、剧本、书信等各种体裁作品全有,可以比较全面地反映他的创作风格。若是和人民文学出版社新近出版的《汪曾祺全集》相比,《别集》字数又要少许多。《全集》有十二卷,约四百万字,是《别集》的两倍,还收录了许多老头儿未曾结集出版的文章。不过,《全集》因为收文要全,也有不利之处,就是一些文章的内容有重复,特别是老头儿谈文学创作体会的文章。汪曾祺本不是文艺理论家,但出名之后经常要四处瞎白话儿,车轱辘话来回说,最后都收进了《全集》。这也是没办法的事情。《别集》则可以对文章进行筛选,内容会更精当些。就像一篮子菜,择去一部分,品质总归会好一点儿。

二是编排有点儿不伦不类。这套书在每一本的最前面,大都要刊登老头儿几篇与本书有点儿关联的文章,有书信,有序跋,还有他被打成右派的"罪证"和下放劳动时写的思想汇报。在正文之前添加这些"零碎儿",可以让读者从多个角度了解汪曾祺其文其人。这种方式算不得独创,《沈从文别集》就是这么编排的,只是一般书很少这么做。也算是一别吧。

再有一点，是编者有点儿良莠不齐。这套书的主持者，以五十岁左右的中年人居多，他们大都对汪曾祺的作品有着深入了解，也编过他的作品集。有的当年常和老头儿一起喝酒聊天，把家里存的好酒都喝得差不多了；有的是专攻现当代文学的博士；有的被评为"第一汪迷"；有的参加过《汪曾祺全集》的编辑；有的对他的戏剧创作有专门研究……这些人能够聚在一起编《汪曾祺别集》，质量当然有保证。其中也有跟着混的，北京话叫"塔儿哄"，就是汪曾祺的孙女和外孙女。她们对老头儿的作品虽然有所了解，但是独立编书还差点儿火候。好在大事都有专家把控，她们挂个名，跟着敲敲边鼓，不至于影响《别集》的质量。

这套《汪曾祺别集》是好是坏，还要读者说了算。

汪　朗

二〇一九年十月二十五日

目 录

访谈选

与汪曾祺谈沈从文　李辉 ——— 1

汪曾祺谈沈从文　巨文教 ——— 10

书信选

致沈从文　一九四七年七月十五、十六日 ——— 17

致弘征　一九八二年十二月二十八日 ——— 26

致林斤澜　一九八三年一月十一日 ——— 27

致弘征　一九八三年八月十一日 ——— 29

致王欢　一九八四年九月二十八日 ——— 30

致李辉　一九八七年七月四日 ——— 31

致彭匋 一九八八年五月三十一日 —— 32

致王纪人 一九八九年九月二十一日 —— 34

致王纪人 一九八九年十月二十三日 —— 35

致王纪人 一九九〇年八月九日 —— 35

致王纪人 一九九〇年九月二十五日 —— 37

致王纪人 一九九〇年十月八日 —— 37

致陈有升 一九九三年六月二十三日 —— 38

致舒非 一九九四年六月二十二日 —— 40

致舒非 一九九四年七月十七日 —— 41

致舒非 一九九四年七月十九日 —— 42

散文选

与友人谈沈从文

——给一个中年作家的信 —— 43

沈从文的寂寞

——浅谈他的散文 —— 63

我的老师沈从文 —— 82

沈从文先生在西南联大 —— 104

淡泊的消逝

——悼吾师沈从文先生 —— 115

一个爱国的作家 —— 118

星斗其文，赤子其人 —— 122

沈从文转业之谜 —— 136

《沈从文传》序 —— 145

美——生命
——《沈从文谈人生》代序 —— 148

梦见沈从文先生 —— 155

沈从文和他的《边城》 —— 157

又读《边城》 —— 178

读《萧萧》 —— 188

《桃源与沅州》赏析 —— 197

《常德的船》赏析 —— 202

《中学生文学精读·沈从文》
前言、题解、注释、赏析 —— 206

抒情考古学
——为沈从文先生古代服饰研究三十周年作 —— 232

沈从文先生的"抒情考古学"
——《中国古代服饰研究》读后感 —— 235

七载云烟 ——— 238

西南联大中文系 ——— 254

晚翠园曲会 ——— 261

凤翥街 ——— 273

新校舍 ——— 282

白马庙 ——— 292

我是沈先生的"得意高足" ——— 凌云岚 295

与汪曾祺谈沈从文

李 辉

在读过的写沈从文先生的文章中，黄永玉和汪曾祺两位先生的文章给我留下的印象最深。前者以活泼别致的笔调，亲切而又带点幽默地写出他心目中的表叔形象。读过之后，让人感觉到沈从文更熟悉可爱，甚至可爱中有些朴质到极点的"迂"。后者以"寂寞"来论述沈从文的散文。以一个艺术家的眼光和感觉，提出了独特的见解，对人启发颇多。后来很多文章谈论沈从文时，大概受他的影响，都习惯用"寂寞"来概括沈从文的风格乃至人生。

在与巴金谈沈从文之后，我就一直想同汪先生谈谈沈从文。他作为西南联大时沈从文的学生，与沈从文有长达数十年的师生之谊。在创作上，人们更是将他视为受到沈从文影响而成就显著的小说家。我想，他的谈话，同他的文章一样，会给我许多启迪。

我们的话题就从他当沈从文的学生的时候开始了。

李辉（下简称李）：四十年代你在昆明西南联大时，给你上过课的有朱自清、杨振声、闻一多、沈从文，他们上课的特点是不是不太一样？

汪曾祺（下简称汪）：杨振声先生这个人资格很老，他当时是文学院院长，给我们教汉魏六朝诗。他上课比较随便，也很有长者风度。对我他好像挺照顾，期末考试前他说，汪曾祺可以不考了。朱自清先生上课最认真，规规矩矩的。给我们上宋诗，每次他都带上一叠卡片。他要求学生按期交读书报告，考试也要求严格。他对我不满意，说：汪曾祺怎么老是缺课？

李：沈先生给你们上什么课？

汪：他开三门课：各体文习作，是二年级的必修课。创作实习和中国小说史则是三四年级的选修课。他只上过小学，对中学大学的课怎么上一点也不懂，讲起来没有系统，而且他还是湘西口音，声音也小。但他讲写作有他自己的一套办法。

李：他给你们出题目吗？

汪：很少出题目。他一般让大家自己写，然后他根据我们的作文来具体分析，找一些类似的名作来比较，用现在的话说，就是参照。他还喜欢在学生的作业后面写读后感，有时他写的感想比原作还要长。记得我写过一篇《灯下》的作品，描述小铺子点灯之后各种人的活动，没有主要情节，也没有重要人物，属于写情境的。他就找来类似的作品，包括他的《泥涂》给我看。这给我的印象很深。我后来的小说《异秉》便是以此为雏形的。当然，有时他也出一些题目，给我们出的我都忘记了，但我记得给别的年级出的两个题目。一个是为我的上一年级出的，叫《我的小庭院有什么》，另一个是为我的下一年级出的，有点怪，叫《记一间屋子里的空气》。因为怪，我才记住了。

李：他这样出题，好像是避免空泛，避免雷同，让学生从小的角度来描写。这可能和他自己当初练习创作相似。

汪：他有一个说法：先要学会车零件，然后才学安装。他强调的是对生活片段的仔细观察。

李：那时你常去他那儿吗？

汪：当时他住在昆明郊区乡下，每个星期在上课的日子就进城住两天，学校安排有房子，我经常去那里。每次去都是还上一次借的书，再借几本，随便聊聊。他的书学生都来借，其他系的同学也来借。他的许多书都是为了借给学生看才买的,上面都是签他的笔名"上官碧"。人家借书他也从不立账,好多人借走也不还,但这毫不影响他对学生的慷慨和热情。

李:你在大学毕业后与沈从文接触多吗?

汪:我一九四八年到当时北平的历史博物馆工作,就是沈先生和杨振声先生介绍的。北京解放后,我参加了南下工作团,大概一九五〇年秋天回到北京,又见到了沈先生。

李:听说沈从文当时精神状态很不好,对自己的前景比较悲观。我还听说他有一种恐怖感,成天疑神疑鬼。严文井、陈明、刘祖春等先生,都曾对我谈到这一情况。

汪:我当时也看到了。他老是觉得别人在批评他。记得《文学杂志》上发表了一篇《放刁》的文章,本来与他没有关系,可是他认为是批评他。他住的中老胡同后面有一条小路,他疑心每时每刻都有人在监视他。

李:许多人认为,他的这一精神状态与郭沫若的那篇《斥反动文艺》有关。在文章中郭沫若批评他为"粉红色"的作家,政治上也是"反动"的。你在纪念他的文章中,提到过此事。

汪:我听说在北平还没有解放时,沈先生所在的北京大学就将郭沫若的文章抄成大字报贴在校园里,这使他感到很大压力。但他没有离开北京到台湾去，其中一个原因，他过去曾资助过一些学生到延安去。另外，他还有一些朋友如丁玲、何其芳、严文井等也在延安，而且有的是文艺界的领导人，他认为他们会帮忙说话的。

李：他是一个真正意义上的作家，虽然也曾发表过一些议论政治的文章，但他基本上还是从文学的角度看社会。他从一个只有小学程度的文学青年，成为北京当时高级知识分子圈子中的一员，我想就是他的艺术天性起了主要作用。

汪：我看徐志摩、林徽因这些新月派或京派文人欣赏沈先生，一方面他们重视艺术，另一方面还因为他们对他的经历和他所描写的边民、士兵生活很感兴趣。这些文人受西方文化的影响，都有人道主义倾向，他们感觉到自己身上的弱点，觉得和劳动人民存在着距离，他们本身负有一定责任。记得林徽因写过一篇文章《窗子以外》，就写高层文化人想要理解劳动者而不能。

李：在"五四"时代，这种知识分子的忏悔意识还是比较普遍的。

汪：对于他们，沈先生的生活经历是新鲜的，他与文学的结合也具有传奇色彩。

李：你以"寂寞"论述过沈从文的散文作品和性格，

很多人也常常谈到他的淡泊，他的温和。我也曾在一篇文章中强调他总是以平静的态度对待人生，对待社会。最近我觉得这一看法并不全面。从他在三四十年代引起的多次文坛论争来看，他其实并非总是甘于寂寞的，我看他还是很爱热闹的。除了创作，他写了不少作家论，评述一些同时代作家，还喜欢对文坛现象发发议论，文章也常带有锋芒和不冷静的情绪，结果往往招来许多麻烦。我找不出一个合适的词来概括他的这一特点。

汪：好管闲事。

李：对。他有时是这样的。

汪：他对凡是不合他的意的，就要发些议论。譬如，他并不了解中国妇女运动的背景，就出来议论一番。四十年代有一次在上海，我见到巴金和李健吾，巴金就对我说：你告诉从文，别再写那些文章，写自己的小说就行了。

李：这大概就是人的性格的复杂性吧。

汪：但他在文学上没有派别观念。他与上海作家的关系都不错，但也批评穆时英的作品。

李：我觉得，一谈到文学，沈从文似乎就只有艺术这一个世界出现在他的眼前，人世间的种种关系、纠葛，他根本抛在脑后，像一个不悟社会的人天真地谈论文学。譬如他认为郭沫若的小说写得太差,就在文章中说:郭沫若可以是一个革命家、诗人,但就不能是一个小说家。话说得非常坦率。

汪:我觉得沈先生有时写文章考虑问题是太简单。记得在抗战时,我们都在昆明,他给余冠英编的刊物《国闻》写过一篇文章《鲁迅与周作人》。他说周作人如秋天如秋水,看世界不隔,而鲁迅看世界隔。当时周作人已经是汉奸了,他还像过去一样谈他印象中的周作人,当然不合时宜,难怪一些左翼作家批评他。

李:这大概也显出他的一股迂劲。你比较喜欢他的哪些作品?

汪:我喜欢他中年的作品,也就是《边城》前后的作品,包括后来的《长河》。我认为他的主要思想贯穿着一个主题:民族品德的发现与重造。他强调人性,是真正关心人,重视对人的描述。他的《贵生》、《丈夫》对普通人命运的关注和揭示,就不是一般左翼作家所能达到的。他对社会一贯关注,也有呐喊式的东西在。《湘西》、《湘西散记》两部作品有集中表现。

李:他是一个很特殊的、很深刻的人道主义者。

汪:我还觉得,在创作上他描写边民,但却较早地带有现代意识,那些北京的受西方文化影响的文人欣赏他,这可能也是一个原因。他的有些小说带有性描写的痕迹，而当时西方文化正强调回到人本身。他对施蛰存说，他很懂弗洛伊德。他的《八骏图》，完全是用性压抑来解释那些高级知识分子。《看虹摘星录》也受到弗洛伊德的影响。他的这些特点，老人认为违反传统，而左翼作家则认为违反文艺的政治原则。

李：沈从文对文体好像特别有兴致，而且各种文体的尝试都很成功。譬如作家论，短篇小说的各类结构，写得与众不同。他对佛经故事也作改写，我认为这类作品不太成功，不能体现他的文学风格。

汪：那是他的拟作，受《十日谈》的影响。当时他主要给张兆和先生的弟弟编故事，就拿此作内容，属于试验。但从文体角度来看，他把佛经翻译注进了现代语言，应该说有所创新。这些小说，语言半文半白，表现出他的语言观，我看还是值得重视的试验文体。

李：说到试验文体，你是否认为他有的作品可以看作纯粹形式上的尝试？

汪：偶尔有这种情况。在西南联大教书时，他曾为了教学的需要而创作一部分作品。另外，他有时还有意识地模仿一些名著，我想他是在揣摩各种体验。他的《月下小景》中有些民歌，我不大相信是苗民歌，完全像《圣经》

里的雅歌，像《鲁拜集》中的作品。他也受到外国作家的影响。他说受过狄更斯的影响，我看不出这一点，我倒觉得他有些叙事方式有点像梅里美。他受到契诃夫的影响。《烟斗》，他说这才是学契诃夫。《顾问官》也很像契诃夫，但比契诃夫写得调侃意味更浓一些。

李：一九八四年，有一次我同沈先生谈到他和外国作家的关系。我问他主要读了哪些翻译作品，他说他读过鲁迅兄弟俩翻译的日本小说，对他有些帮助。他告诉我他读得最多的、最喜欢的是契诃夫、莫泊桑的作品，还有李青崖等翻译的都德的作品，他承认这些人对他都有影响。你认为在现代文学史上，沈从文究竟占据一个什么样的地位呢？

汪：除了鲁迅，还有谁的文学成就比他更高呢？

一九九〇年九月

［原载于《云与火的景象——当代文人访谈录》，三联书店（香港）有限公司一九九八年版］

汪曾祺谈沈从文

巨文教

一九九二年十月二十四日和十月二十五日,我在北京先后拜访了张兆和先生和汪曾祺先生,向两位先生请教了沈从文研究中的一些问题。现将谈话记录整理如下:

……

巨:汪老,您四十年代在昆明西南联大中文系读书时,沈从文先生给你们开什么课?

汪:沈先生当时给我们共开了三门课:一门是各体文习作,一门是创作实习,还有一门是中国小说史。每门课各学一学年。

巨:沈先生课讲得很好吗?

汪:不,讲得很糟,可以说沈先生不会讲课。

巨:听说您发表的第一部作品,是当时沈先生给你们上课时您写的作业，您从事文学创作受了沈先生的启发和引导，您在西南联大时同沈先生来往很多，常到他的住处去看书，你们许多同学也常去沈先生那里借书看，沈先生平易近人，和蔼可亲，很容易接近，是吗？

汪：是的。

巨：沈先生受哪些外国作家影响较大？

汪：沈先生讲他不是单一地接受了某个作家的影响，是总体上受了一定影响。沈先生受影响较大的外国作家有契诃夫、屠格涅夫、狄更斯。沈先生的小说创作受契诃夫影响较大，散文更具有屠格涅夫的风格。

巨：张兆和老师也有这样的看法。沈先生离开湘西前在沅州熊希龄的旧公馆，就阅读过林纾译的狄更斯的小说《贼史》、《冰雪姻缘传》、《滑稽外史》、《块肉余生述》。初到北京时，沈先生说他的身边有两位老师，一个是中国的太史公写的《史记》，一个是西方的《圣经》。

汪：沈先生常看《老子》、《庄子》。

巨：老庄的"清静无为"、"虚静"滋润了沈先生的创作心理，老庄哲学的"自然"观深化了沈先生对自然与生命的理解。沈先生小说中的人物有老庄对世俗传统观念的超越。

沈先生曾在给一位中学教员的信中，让那位青年教员读一读《性心理学》,并指出了解除青春苦闷的多种方式,沈先生是否读过霭理斯写的《性心理学》?

汪:沈先生读书很杂、很乱,他读过霭理斯写的《性心理学》。

巨:沈先生早在二十年代末和三十年代就接触了弗洛伊德的精神分析学说和霭理斯的性心理学。沈先生读过张东荪写的《精神分析ABC》。沈先生接受霭氏的性心理学主要是通过周作人对霭氏性心理学的介绍。在中国现代文化史上,对霭氏性心理学在中国传播做出重大贡献的有两个人:一位是周作人,一位是潘光旦。这两个人可以说是最了解霭理斯的学说。二三十年代,周作人在《语丝》、《晨报副刊》、《现代》、《新女性》等杂志上发表了评介霭理斯性心理学的许多论文。周作人认为霭理斯的生活的艺术的理论就是"欢乐与节制二者并存",是"纵欲的禁欲",既反对禁欲,也反对纵欲,在禁欲与纵欲之间寻找微妙的取舍,求得"中庸"。沈先生的艺术创作情感节制论正是承继了霭理斯的生活的艺术论的火炬,用来照亮自己"周围的黑暗"。

汪老,您的作品有自己独特的艺术风格,自然、清淡、典雅,赢得了读者和评论家的很高评价,人们也常把您作为沈先生的传人,您的创作是否受沈先生很大影响?

汪：沈先生对我的创作影响很大。

巨：您是否在创作中有意仿效沈先生的创作风格？

汪：有有意效仿，也有无意效仿。

巨：您的《受戒》中引用的民谣："姐儿生得漂漂的，两个奶子翘翘的。有心上去摸一把，心里有点跳跳的。"还有您的其他作品中引用的一些民谣，在沈先生的作品中多次出现过，您是不是从沈先生作品中移用过来的？

汪：我的作品发表以后，就曾有人说这些民谣在沈先生的作品中出现过，我创作这些作品引用的民谣，是我在"文革"中从事收集、整理民歌、民谣工作中发现的，不是直接从沈先生作品中移用的。

巨：汪老，您的《大淖记事》的结尾与沈先生《边城》的结束很相像，都含有对男女主人公未来美好生活的希望，这种结尾方式，您是不是受了沈先生《边城》结尾方式的影响？

汪：我是受了沈先生《边城》结尾的启发。

巨：早在三十年代沈先生就被文坛誉为"多产的文体作家"，沈先生对多种文学文体进行大胆尝试，他愿意在章法外接受失败，而不愿在章法内获得成功，他勇于创新，他重视文学独特的审美特性，以文学重构人的灵魂，以文学构建人的理想的生命形态，以文学激励人们追求美、追求自由、创造光明的未来。沈先生强调文学技巧，反对艺术的商业化、政治化倾向。中国文人（包括古代的和现代的）影响了沈先生，沈先生同时也影响了中国现代作家、当代作家。沈先生对中国现代文学做出了自己的贡献，沈先生推动了中国现代文学的发展。汪老，请问您如何评价沈先生在中国现代文学史上的地位？

汪：中国现代文学史是一本糊涂账，"鲁郭茅巴老曹"这种排列法，并不能真正展现中国新文学的发展全貌。我们若一味单一地用"典型论"来评判文学作品，沈先生的作品很难算上好作品。过去好长一段时期，许多人只是简单用"典型论"撰写中国现代文学史，沈先生在中国现代文学史上根本没有地位。《人民日报》社记者李辉曾来访过我，我就说过："在中国现代文学史上，除了鲁迅，还有谁比沈先生成就更大？"我的观点在《人民日报》上发表后，也没有人来找我麻烦。

巨：您对国内沈从文研究现状与前景有什么看法？有什么意见？

汪：陈腐的思想、观念是对沈从文研究，乃至整个现代中国文学研究的一个极大限制，真正地摆脱极"左"思想的束缚，解放思想，更新观念，才能使沈从文研究有新的突破，取得更大的成果。文学有其自己的特性，有自身的规律，沈从文研究有许多问题有待开掘，有待深化。

巨：一位伟大作家的艺术创造性集中体现在其对文学内部规律的理解与创造性运用上。沈先生作品独特的审美特征是他对文学内部规律深刻思索与创造性运用的成果。深入研究沈先生作品独特的审美特征，有助于我们更进一步理解文学的内部规律与作家主体创造性的关系，也有助于推动、繁荣当前的文学创作。

汪老，您听了我对我自己硕士论文《沈从文的生命哲学及其小说创作》初稿的基本观点的阐释，并翻阅了我的初稿，您有什么意见？

汪：你从哲学的角度来谈沈先生的文学精神特征，我觉得选题很新颖。对于哲学我不太懂，我也不很明白。我感到你谈得很抽象。你探讨沈先生与尼采的关系，这很好，过去好长一段时期，谁敢提沈先生与尼采、柏格森、霭理斯的关系？鲁迅早期的民主思想、个性主义，也受了尼采的影响。《野草》、《狂人日记》明显带有尼采思想的印迹，这是不可否认的。倘若你能够将鲁迅所接受的尼采与沈从文所接受的尼采再做比较区分，会更有意义。

巨：汪老，谢谢您了，耽误了您这么长时间，我以后有机会一定再来看您。

（原载于《中国现代文学研究丛刊》一九九四年第二期，原题为《张兆和、汪曾祺谈沈从文——访张兆和、汪曾祺两位先生谈话笔录》，此为汪曾祺访谈部分）

致沈从文[1]　一九四七年七月十五、十六日

从文师：

很高兴知道您已经能够坐在小方案前作事。——不知道为什么，我总觉得还是文林街宿舍那一只，沉重，结实，但不十分宽大。不知道您的"战斗意志"已否恢复。如果犹有点衰弱之感，我想还是休息休息好，精力恐怕不是一下子就可以涌出来的。勉强要抽汲，于自己大概是一种痛苦。您的身体情形不跟我的一样，也许我的话全不适用。信上说，"我的笔还可以用二三年"，（虽然底下补了一句，也许又可稍久些，一直可支持十年八年）为甚么这样说呢？这叫我很难过。我是希望您可以用更长更长的时候的，您有许多事要做，一想到您的《长河》现在那个样子，心里就凄恻起来。我精神不好，感情冲动，话说得很"浪漫"，希望您不因而不舒服。

刚来上海不久，您来信责备我，说"你又不是个孩

---

[1] 沈从文（一九〇二——一九八八），原名沈岳焕，湖南凤凰人。作家、文物研究专家。早年投身行伍，一九二八年以后，先后在上海、武汉、青岛、北京等地大学担任教职，同时写作不辍。抗战爆发后到西南联大任教，一九四六年随北京大学回到北平。新中国成立后，先后在中国历史博物馆和中国社会科学院历史研究所工作，主要从事中国古代文物特别是服饰史的研究。

子!"我看我有时真不免孩气得可以。五六两月我写了十二万字,而且大都可用(现在不像从前那么苛刻了),已经寄去。可是自七月三日写好一篇小说后,我到现在一个字也没有。几乎每天把纸笔搬出来,可是明知那是在枯死的树下等果子。我似乎真教隔墙这些神经错乱的汽车声音也弄得有点神经错乱!我并不很穷,我的褥子、席子、枕头生了霉,我也毫不在乎,我毫不犹豫的丢到垃圾桶里去;下学期事情没有定,我也不着急;可是我被一种难以超越的焦躁不安所包围。似乎我们所依据而生活下来的东西全都破碎了,腐朽了,玷污萎落了。我是个旧式的人,但是新的在哪里呢?有新的来我也可以接受的,然而现在有的只是全无意义的东西,声音,不祥的声音!……好,不说这个。我希望我今天晚上即可忽然得到启示,有新的气力往下写。

上海的所谓文艺界,怎么那么乌烟瘴气!我在旁边稍微听听,已经觉得充满滑稽愚蠢事。哪怕真的跟着政治走,为一个甚么东西服役,也好呢。也不是,就是胡闹。年青的胡闹,老的有的世故,不管;有的简直也跟着胡闹。昨天黄永玉(我们初次见面)来,发了许多牢骚。我劝他还是自己寂寞一点作点事,不要太跟他们接近。

黄永玉是个小天才,看样子即比他的那些小朋友们高出很多。他长得漂亮，一副聪明样子。因为他聪明，这是大家都可见的，多有木刻家不免自惭形秽，于是都不给他帮忙，且尽力压挠其发展。他参与全国木刻展览，出品多至十余幅，皆有可看处，至引人注意。于是，来了，有人批评说这是个不好的方向，太艺术了。（我相信他们真会用"太艺术了"作为一种罪名的。）他那幅很大的《苗家酬神舞》为苏联单独购去，又引起大家嫉妒。他还说了许多木刻家们的可笑事情，谈话时可说来笑笑，写出来却无甚意思了。——您怎么会把他那张《饥饿的银河》标为李白凤的诗集插画？李白凤根本就没有那么一本诗。不过看到了那张图，李很高兴，说："我一定写一首，一定写一首。"我不知道诗还可以"赋得"的。不过这也并不坏。我跟黄永玉说："你就让他写得了，可以作为木刻的'插诗'。要是不合用，就算了。"那张《饥饿的银河》作风与他其他作品不类，是个值得发展的路子。他近来刻了许多童谣，（因为陈琴鹤的建议。）构图都极单纯，对称，重特点，幼稚，这个方向大概难于求惊人，他已自动停止了。他想找一个民间不太流行传说，刻一套大的，有连环性而又可单独成篇章。一时还找不到。我认为如英国法国木刻可作他参考，太在中国旧有东西中掏汲恐怕很费力气，这个时候要搜集门神、欢乐、钱马、佛像、神俑、纸花、古陶、铜器也不容易。您遇见这些东西机会比较多，请随时为他留心。萧乾编有英国木刻集，是否可以让他送一本给黄永玉？他可以为他刻几张东西作交换的。我想他应当常跟几个真懂的前辈多谈谈，他年纪轻（方二十三），充满任何可以想象的辉煌希望。真有眼光的应当对他投资，我想绝不蚀本。若不相信，我可以身家作保！我从来没有对同辈人有一种想跟他有长时期关系的愿望，他是第一个。您这个作表叔的，即使真写不出文章了，扶植这么一个外甥，也就算很大的功业了。给他多介绍几个值得认识的人认识认识吧。

有一点是我没有想到的，他也没有告诉您。我说"你可以恋爱恋爱了"，（不是玩笑，正经，自然也不严肃得可怕，当一桩事。）他回答："已经结婚了！"新妇是广东人。在恋爱的时候，他未来岳父曾把他关起来（岳父是广东小军阀），没有罪名，说他是日本人。（您大概再也没想到这么一个罪名，管您是多聪明的脑子！）等结了婚，自然又对他很好，很喜欢，于是给他找事，让他当税局主任！他只有离开他"老婆"，（他用一种很奇怪语气说这两个字，不嘲弄，也不世俗，真挚，而充满爱情，虽然有点不大经心，一个艺术家常有的不经意。）到福建集美学校教了一年书，去年冬天本想到杭州接张西厓[1]的手编《东南日报》艺术版，张跟报馆闹翻了，没有着落，于是到上海来，"穷"了半年。今天他到上海县的县立中学去了，他下学期在那边教书。一月五十万，不可想象！不过有个安定住处，离尘嚣较远，（也离那些甚么"家"们远些）可以安心工作。他说他在上海远不比以前可以专心刻制。他想回凤凰，不声不响的刻几年。我直觉的不赞成他回去。一个人回到乡土，不知为甚么就会霉下来，窄小，可笑，固执而自满，而且死一样的悲观起来。回去短时期是可以的，不能太久。——我自己也正跟那一点不大热切的回乡念头商量，我也有点疲倦了，但我总要自己还有勇气，在狗一样的生活上作出神仙一样的事。黄永玉不是那种少年得志便颠狂起来的人，帮忙世人认识他的天才吧。

我曾说还要试写论黄永玉木刻的文章，但一时恐无从着手。而且我从未试过，没有把握。大师兄王逊似乎也可以给他引经据典的，举高临下的，用一种奖掖后进的语气写一篇。林徽因是否尚有兴趣执笔？她见得多，许多意见可给他帮助。费孝通呢？他至少可就文化史人类学观念写一点他一部分作品的读后感。老舍是决不会写的，他若写，必有可观，可惜。一多先生死了，不然他会用一种激

---

[1] 作者笔误，应为章西厓，现代装饰画家。——编者注

越的侠情，用很重的字眼给他写一篇动人的叙记的，虽然最后大概要教导他"前进"。梁宗岱老了，不可能再"力量力量"的叫了。那么还有谁呢？郑振铎、叶圣陶大概只会说出"线条遒劲，表现富战斗性"之类的空话来，那倒不如还是郭沫若来一首七言八句。那怎么办呢？自然没有人写也没有关系。等他印一本厚厚的集子，个人开个展览会时再说吧。——他说那些协会作家对他如何如何，我劝他不必在意，说他们合起来编一个甚么年刊之类，如果不要你，你就一个人印一本，跟他们一样厚！看看有眼睛的人看哪一本。

您的一多先生传记开始了没有？我很想到北平来助理您做这个事。我可以抄抄弄弄，写一两个印象片段。

巴先生说在"文学丛刊"十辑中为我印一本集子。文章已经很够，只是都寄出去了。（我想稿费来可以贴补贴补，为父亲买个皮包，一个刮胡子电剃刀，甚至为他做一身西服！）全数刊载出来，也许得在半年后。（健吾先生处存我三稿，约五万字，恐印得要半年。您寄给他的《大和尚》我已收回，实在太不成东西。）有些可能会丢失的。（刘北汜处去年九月有两稿，迄无下落。他偶尔选载我一二节不到千字短文，照例又不寄给我，我自己又不订报，自然领一万元稿费即完成全部写作投稿程序。）倒是这二三小作家因为"崇拜"我,一见有刊出我文章处,常来告诉我,有哪里稿已发下了,也来电话。(他们太关心,常作出些令人不好意思事,如跑到编辑人那里问某人文章用不用之类。)原说暑假中编一编可以类为一本的十二三篇带小说性质的文章的(杂论,速写,未完片段不搁入),看样子也许得到寒假——但愿寒假我还活着!暑假中原说拼命写出两本书,现在看样子能有五六万字即算不错。看我的神经如何罢。

顶烦心的事是如何安排施小姐。福州是个出好吃东西地方,可是地方风气却配不上山水风景。她在那边教书,每天上六课,身体本不好,(曾有肺病)自然容易疲倦。学校皆教会所办,道姑子愚蠢至不可想象地步。因为有一次她们要开除一个在外面演了一场话剧的女生,她一人不表示同意;平日因为联大传统,与同学又稍微接近,关心她们生活,即被指为"黑党",在那边无一朋友,听到的尽是家常碎事,闷苦异常。她极想来上海,或北平,可是我无能已极,毫无路径可走!她自己又不会活动。(若稍会活动,早可以像许多女人一样的出国了,也不会欣赏我这么一个既穷且怪的人!)她在外文系是高材生,英文法文都极好。(袁家骅先生等均深知此)您能不能给她找一个比较闲逸一点事?问问今甫先生有没有甚么办法吧。

我实在找不到事，下学期只有仍在这里，一星期教二十八课，再准备一套被窝让它霉，准备三颗牙齿拔，几年寿命短吧。我大概真是个怯弱的人。您等着我向你发孩子气的牢骚！　不尽，此请

　　时安！

　　　　　　　　　　　　　　　　　　曾祺
　　　　　　　　　　　　　　　　七月十五日

从文师：

　　天热，信未即发，一搁下，有不想发出意，虽然其结果是再加写一点，让您的不快更大！我不知道为甚么不能控制自己，说了好些原先并不想说的话。我得尽量抑压不谈到自己，我想那除了显示自己的不德之外别无好处。——比如，我为甚么要说起我那些稿子呢？我久已知道自己的稚弱、残碎，我甚至觉得现在我所得到的看待还不是我应得的。然而虽是口口声声不怨尤，却总屡然流露出一种委屈之感来了！而且态度语言上总似乎在伤着人（尤其是态度，我的怪样的沉默），真是怪可羞的。（这句话何其像日本人的语气！）比如刘北氾，他实在有时极关心我，（当然他有一种关心人的方便）有时他一句话，一个动作，即令我惭愧十分，而我在信里说了些很卑下市井

气的话！我尚得多学习不重视自己。——真是一说便俗，越往深里说，越落窠套，作人实非易之事。

卞之琳先生已到上海，我尚未见到。听说他说您胖了一点，也好。虽然我很不愿意您太胖。像健吾先生实已超过需要了。

很久以前与《最响的炮声》¹ 同时寄来尚有一篇《异秉》是否尚在手边？收集时想放进去，若一时不易检得，即算了。反正集子一时尚不会即动手编，而且少那么一篇，也不妨事。

上海市教员要来个甚什检定，要证书证件，一讨厌事，不过我想当无多大问题，到时候不免稍稍为难一下而已。我已教书五年，按道理似已可取得教员资格。果然有问题，再说吧。

《边城》开拍尚无消息，我看角色导演皆成问题，拍出来亦未必能满人意，怕他们弄得太"感人"，原著调子即扫然无余也。报上说邵洵美有拍摄《看虹录》英语片事，这怎么拍法？有那种观众，在看电影时心里也随着活动的么？

我仍是想"回家"，到北方来，几年来活在那样的

---

1 《最响的炮声》应为《最响的炮仗》，发表于一九四六年十二月二十八日天津《益世报》。——编者注

空气里，强为移植南方，终觉不入也。自然不过是想想罢了。

曾祺

七月十六日

致弘征[1] 一九八二年十二月二十八日

弘征同志：

惠函奉悉。承为治印，极感，如托谌容带来，可告她于到市作协销假时交给作协即可，我当去取。所需照片寄上。"画苑文坛两凤凰"诗二首拜读，觉得写得很贴切，亦饶情致。不知曾寄沈、黄一读否？如寄沈先生，他会高兴的。今年十二月是沈先生八十岁，但他不将生日告人。我去问，则云已经过了。前天我写了一首律诗，补为之寿，抄给您看看：

犹及回乡听楚声，此身虽在总堪惊。

---

[1] 弘征，一九三七年生，原名杨衡钟，湖南新化人。历任湖南人民出版社编辑、文艺编辑室副主任，湖南文艺出版社副总编辑、总编辑、社长，《芙蓉》杂志主编。

海内文章谁是我,长河流水浊还清。

　　玩物从来非丧志,著书老去为抒情。

　　避寿瞒人贪寂寞,小车只顾走辚辚。

我近日血压增高,只是看闲书永日,新年以后,如身体稍好,当可写一点东西。顺祝

年喜!

汪曾祺顿首
十二月廿八日

致林斤澜[1] 一九八三年一月十一日

斤澜兄:

沈先生的生日在十二月,但他不告诉人准日期,我去问,则说已经过了。我只好写了一首诗补为之寿。抄给你看看:

　　犹及回乡听楚声,(他今年回凤凰听傩戏,老泪
　　纵横,连说:这是楚声。)

1　林斤澜(一九二三—二〇〇九),浙江温州人。一九五〇年到北京市文联工作,任文学创作组成员。曾任北京市作协副主席,《北京文学》主编、中国作协理事。

此身虽在总堪惊。
海内文章谁是我,
长河流水浊还清。
玩物从来非丧志,
著书老去为抒情。
避寿瞒人贪寂寞,
小车只顾走辚辚。

听说他一家看了都很高兴,大概是因为写得比较贴切。

我近日血压不稳,在家"养病",但经医生检查,说是只是血压高,其余部分无甚问题。因此,不必紧张,在家看看闲书也好。今日读川端康成的《离合》《译林》今年第一期)以为颇好。

看"画儿韩"电视剧,解放前的当铺似无"副经理"之说,请告友梅问问内行人,剧中有些话也不太"是这里事"。

你要我春节写字画画,自当应命,但要买一点稍好的纸墨,我现在手头有的是女儿买来的矾过的熟纸,不行。

即候佳适

      曾祺顿首　一月十一日

致弘征 一九八三年八月十一日

弘征同志：

今夏各地持续高温，北京很多机关只上半天班。长沙恐更不能耐，尚望珍摄保重。白酒少饮为佳。

顷于友人处得见"周作人回忆录"，甚感兴趣。此书是内部发行，北京书店没有卖的。你能不能在出版社内部给我搞到一本寄来？书款自当寄奉。

前在长沙，出版社约我将谈创作的文章编为一集。我十月底以前要为人民文学出版社把我近两年所写小说编集，创作谈需在十一月以后动手编。材料不凑手，可能要拖到明年了。

沈从文先生前患脑血栓，至今卧床，左边手脚失灵，即便好了，也要扶杖而行了。

即候曼福

汪曾祺顿首
八月十一日

致王欢[1]　一九八四年九月二十八日

王欢同志：

来信收到。我经常收到一些"读者来信"，很少答复。看了你的信，我觉得应该答复一下，因为我从信封到信"瓤"的字迹上来看，你的态度是很诚挚的，这使我很感动。

但是你提出的问题我很难回答。沈先生后来不写小说，有他自己主观上的原因和客观上的原因。两方面，我大体上都有些了解。但是我不想跟你说。客观上的原因，你从我那篇《沈从文的寂寞》的字里行间可以感觉到。在国内，我觉得对于沈先生的作品的评价偏低，是不公平的。怎样才能更准确地理解沈先生的作品？我觉得某些外国人的理解倒是比较客观的。美国选译了沈先生的几篇小说，书名叫做《中国的土地》，沈先生的小说，也无非是写出了中国的这块土地上特有的风土人情吧。至于他在现代文学史上的地位，那该怎么说呢！请你原谅，我不能跟你说实话。你是有鉴别能力的！你自己估量吧。我是沈先生的学生（可以说是"高足"），我的感情当然会有所偏

---

[1]　王欢，一九五八年生，河北唐山人，北京大学口腔医院儿童口腔科医师。

祖的。

你是个牙科医生,却对文学产生这样的诚挚的兴趣,我真是很为之感动。希望什么时候我们能见面谈谈。

说不定我有一天会来麻烦你,因为我的牙很不好。

沈先生近年身体不好,偏瘫了,我也很久没有去看他了。如去,见到他,当为替你致候。

即候

时安!

汪曾祺

九月廿八日

致李辉[1]　一九八七年七月四日

李辉同志:

信悉。

让我写《居京杂记》的序,我很荣幸。但我近日甚忙。八月我可能要到美国去,七月要陪一个到中国采访沈从文

---

[1] 李辉,一九五六年生,湖北随州人,作家、记者。曾任《北京晚报》编辑、记者,一九八七年后长期在《人民日报》文艺部担任编辑。

的瑞典作家。因此,实在没有时间写。抱歉。

这篇序我想请端木蕻良写较合适,身份、年龄,都到了。

匆覆,候安!

汪曾祺
七月四日

致彭匈[1]　一九八八年五月三十一日

彭匈兄:

作协正在讨论发展新会员。我打电话给创联部问问关于你的情况。接电话的小柯说:彭匈,我知道,他的手续完备,材料已转到书记处。我问要不要把他的作品寄给你们,答云:不需要。我又问要不要我写一封推荐的信,如要二人,还可拉一个贾平凹。答云:不需要,他好像是省作协推荐的,最后说:等有了讨论结果,你再打听吧。晚

---

[1] 彭匈(一九四六—二〇一九),原名彭石生,祖籍江西吉安,生于广西平乐,作家、编辑。曾任漓江出版社社长、广西人民出版社总编辑。时任漓江出版社编辑。

上我又打电话给邓友梅,问问情况。邓说几位书记有事,近日不讨论,我向他介绍了你的情况,请他"美言"几句。我估计讨论通过,问题不大吧。但愿如此,你"但听一报"吧。

《自选集》迄未问世,不知遇到什么波折?前承答应先把散文部分打一份样子给我寄来,我还未收到。作家出版社要求我能在六月二十日以前把散文集编好,这样可以在年内出版。我手中散文剪存的不全,急等《自选集》中的一部分,好算字数,排目录。劳驾,你催催漓江尽快把这部分寄来。

沈从文先生去世,国外反应强烈,国内报刊则寂寥,令人气闷!即候

著安!

汪曾祺　五月三十一日

致王纪人[1]　一九八九年九月二十一日

纪人先生：

大函收到。因信封上写的地址是中国京剧院，而我实在北京京剧院，信经转递，乃至迟复，甚歉。

鉴赏辞典收拙作《桃花源记》，深感荣幸。

嘱写《桃源与沅州》及《常德的船》赏析，我可以试试。不知道是需要两篇合起来写，还是分两篇写？我想分开写较便。原作我手边有，不必复印寄来。但我近日稍忙，得到十月始能动笔。匆复，即候

大安！

　　　　　　　　　　汪曾祺　九月二十一日

《桃花源记》宜用我的自选集所收为底本，发表在《湖南文学》上的有错字。

以后赐信，请寄北京蒲黄榆路 9-12-1，寄到剧院不能及时收到。

---

[1] 王纪人，一九四〇年生，原名王纪仁，上海人，作家、学者。历任上海师范大学中文系文艺理论教研室主任、中文系主任、教授、博士生导师。

致王纪人 一九八九年十月二十三日

纪人同志：

关于沈先生两篇散文的鉴赏寄上。我发现这样的文章很难写，就散文谈散文，实在没有多少话好说，只好离题稍远。

两文皆未留底，如出书晚，能否请出版社各复印一份给我。在"辞典"出书之前，我可能有点别的用处。

文如不合用，请赐还。

即候

文安！

汪曾祺　顿首
十月二十三日

致王纪人 一九九〇年八月九日

王纪人同志：

八月一日函奉悉。

《萧萧》赏析我可以写。但我约三个月前发现有胆囊炎，已经复发了两次，精神不好，思想难以集中，提不起写文章的情绪，须俟秋凉后，如病情稳定，方能著笔。怕你着急，谨先奉函以闻。这篇小说很难分析，沈先生对萧萧的感情是相当复杂的。

《受戒》赏析文不知由何人撰写？我希望不要把这篇小说的主旨说成是反佛门的清规戒律。已经有几篇评论这样写了。前半月遇一教当代文学的教授，还说这是一篇无神论的小说。他说他读这篇小说三十遍，结果却得这样的结论，真是令人怃然。这是纯粹的社会学的评论，省事的评论。当然，写赏析的人愿意怎么写都可以，我只是提一点看法。

散文赏析辞典我只是零碎地翻看了一部分。我觉得这本书大体上是好的，只是有些赏析文章写得有点"呆"，少点灵气，不够玲珑。直觉而已，不足参考。　即候

编安！

汪曾祺　八月九日

致王纪人 一九九〇年九月二十五日

王纪人同志：

关于《萧萧》稿寄上，请审处。

此稿稍长。我未用稿纸写，不知道究竟有多少字，反正是超过你所要求的2000字了。如不合用，请退还。

汪曾祺 九月二十五日

致王纪人 一九九〇年十月八日

王纪人同志：

信收到，很高兴。我原担心你①嫌长；②嫌淡，怕你要我压缩重写。你那样看这篇文章，真是知音。前次信上我就说过，这篇文章是很不好写的。我倒真是花了一点功夫。

文中有一处严重的笔误：第二页"萧萧做媳妇时年纪二十岁"，应作"年纪十二岁"。这个笔误实在误得岂有此理。发排时请务必代为乙正。

散文欣赏辞典能连印四次，真难想象。我估计小说欣赏辞典也会卖得不错。

散文辞典前面所附的画不知是何用意？来楚生等人的画不错，但与内文毫不相干。小说辞典前面倘亦用画，可找一些小说家的字画。如不好找，可请健在的小说家现画。

匆候
文安！

汪曾祺　顿首
十月八日

致陈有升[1]　一九九三年六月二十三日

陈有升同志：

你的热情洋溢的长信、沈先生书信的复印件和《无从驯服的斑马》的篇目都已见到。

写序本是我义不容辞的事，但我对文物是外行，沈先生这一类文章过去零零碎碎地读过一些，印象不深，如要

---

[1] 陈有升，一九三六年生，广东澄海人。时任外文出版社文化交易编辑室主任。

写序须精读全文，我近来极忙，没有时间好好地阅读，因此未能如命。如用《沈从文转业之谜》代序，我同意。

书名我建议用沈先生在文章中、书信中常说的"花花朵朵坛坛罐罐"。《无从驯服的斑马》使人看了不知道是什么书，好像是一本童话集似的。沈先生既常用"花花朵朵坛坛罐罐"，想必他很喜欢用这样的话来概括他在文物、艺术方面的学问。如用此作书名，"花花朵朵"下不要加逗号，连写下来即可。可加副题："沈从文文物艺术研究文集"。

我建议这本书的序可以叫沈红（虎雏的女儿）来写。她就是在花花朵朵、坛坛罐罐中长大的，文章也写得很漂亮。她写的《湿湿的思念》，感情和文笔都很美。

沈先生文物、艺术研究文集的出版是非常有意义的。作为沈先生的学生，我愿向你和出版社深致谢意。

如文集编好，能赐寄清样，我可以写个后记。

此复，即候

暑安！

汪曾祺　六月二十三日

致舒非[1]　一九九四年六月二十二日

舒非：

我近极忙，《中学生读物：沈从文》恐不能在六月三十日前交稿，那怎么办？

（我二十三日将参加"沈从文文物研究展览"，二十七—二十八日将和法国作家座谈）

"读物"，我想选四篇：《边城》、《贵生》、《丈夫》、《牛》。已看了几遍，有些想法，但写起来也相当费事。能不能把文稿日期放宽一点，到七月十五日前交稿？

我同意在正文外加"题解"、"注释"和"赏析"。

我觉得书前还需一个"前言"。"前言"已写出，寄你一看，以示我并不是把你指令之事不放在心上也。余容后叙。

候佳

　　　　　　　　　　汪曾祺　六月二十二日

沈先生的照片已嘱沈家加印。

---

[1] 舒非，一九五四年生，原名蔡嘉苹，生于福建鼓浪屿，作家、编辑，时任香港三联书店编辑。

致舒非 一九九四年七月十七日

舒非：

先把有关《边城》、《丈夫》、《牛》各件（包括题解、注释、赏析）寄给你。

《贵生》文我正在赶写，周内可以完成。写成后当即续寄。

《边城》、《丈夫》、《牛》的本文希望你在香港找一找，我不再另寄。

《沈从文和他的〈边城〉》、《又读〈边城〉》也希望在香港找到。这两篇在《汪曾祺文集·文论卷》内均有。香港找一本《文论卷》当无困难。

麻烦你了！

汪曾祺 七月十七日

致舒非 一九九四年七月十九日

舒非：

三天前寄出有关《边城》、《丈夫》、《牛》各件，想当收到。

今再寄有关《贵生》诸件。

至此，预定任务已全部完成。

各件到齐，希望给我一信，或打个电话来。

有什么意见，盼告。

这本书大概何时可以出版？如果下厂时间较长，你是不是把这几篇东西给古剑看看，问他能否选用一些。题目如何安排，由他决定。不用，当然没有关系。

北京今年奇热，又闷，你的这本书真是让我出了不少汗。文章不好，其志可嘉，一笑！

曾祺　十九日

与友人谈沈从文
——给一个中年作家的信

××：

春节前后两信均收到。

你听说出版社要出版沈先生的选集，我想在后面写几个字，你心里"格噔一跳"。我说准备零零碎碎写一点，你不放心，特地写了信来，嘱咐我"应当把这事当一件事来做"。你可真是个有心人！不过我告诉你，目前我还是只能零零碎碎地写一点。这是我的老师给我出的主意。这是个好主意，一个知己知彼，切实可行的主意。

而且，我最近把沈先生的主要作品浏览了一遍，觉得连零零碎碎写一点也很难。

难处之一是他已经被人们忘记了。四十年前，我有一

---

* 初刊时间、初刊处未详，初收于北师大版《汪曾祺全集》第六卷。

次和沈先生到一个图书馆去，在一列一列的书架面前，他叹息道："看到有那么多人，写了那么多书，我什么也不想写了。"古今中外，多少人写了多少书呀，真是浩如烟海。在这个书海里加进自己的一本，究竟有多大意义呢？有多少书能够在人的心上留下一点影响呢？从这个方面看，一个人的作品被人忘记，并不是很值得惆怅的事。

但从另一方面看，一个人写了那样多作品，却被人忘记得这样干净，——至少在国内是如此，总是一件很奇怪的事。

原因之一，是沈先生后来不写什么东西，——不搞创作了。沈先生的创作最旺盛的十年是从一九二四到一九三四这十年。十年里他写了一本自传，两本散文（《湘西》和《湘行散记》），一个未完成的长篇（《长河》），四十几个短篇小说集。在数量上，同时代的作家中很少有能和他相比的，至少在短篇小说方面。四十年代他写的东西就不多了。五十年代以后，基本上没有写什么。沈先生放下搞创作的笔，已经三十年了。

解放以后不久，我曾看到过一个对文艺有着卓识和具眼的党内负责同志给沈先生写的信（我不能忘记那秀整的字迹和直接在信纸上勾抹涂改的那种"修辞立其诚"的坦白态度），劝他继续写作，并建议如果一时不能写现实的题材,就先写写历史题材。沈先生在一九五七年出版的小说选集的《题记》中也表示:"希望过些日子,还能够重新拿起手中的笔,和大家一道来讴歌人民在觉醒中,在胜利中,为建设祖国、建设家乡、保卫世界和平所贡献的劳力,和表现的坚固信心及充沛热情。我的生命和我手中这支笔,也自然会因此重新回复活泼而年青!"但是一晃三十年,他的那枝笔还在放着。只有你这个对沈从文小说怀有偏爱的人,才会在去年文代会期间结结巴巴地劝沈先生再回到文学上来。

这种可能性是几乎没有的了。他"变"成了一个文物专家。这也是命该如此。他是一个不可救药的"美"的爱好者,对于由于人的劳动而创造出来的一切美的东西具有一种宗教徒式的狂热。对于美,他永远不缺乏一个年轻的情人那样的惊喜与崇拜。直到现在,七十八岁了,也还是那样。这是这个人到现还不老的一个重要原因。他的兴趣是那样的广。我在昆明当他的学生的时候,他跟我(以及其他人)谈文学的时候,远不如谈陶瓷,谈漆器,谈刺绣的时候多。他不知从哪里买了那么多少数民族的挑花布。沏了几杯茶,大家就跟着他对着这些挑花图案一起赞叹了一个晚上。有一阵,一上街,就到处搜罗缅漆盒子。这种漆盒,大概本是食具,圆形,竹胎,用竹笔刮绘出红黑两色的云龙人物图像，风格直接楚器，而自具缅族特点。不知道什么道理，流入昆明很多。他搞了很多。装印泥、图章、邮票的，装芙蓉糕萨其玛的，无不是这种圆盒。昆明的熟人没有人家里没有沈从文送的这种漆盒。有一次他定睛对一个直径一尺的大漆盒看了很久，抚摸着，说："这可以做一个《红黑》杂志的封面！"有一次我陪他到故宫去看瓷器。一个莲子盅的造型吸引了人的眼睛。沈先生小声跟我说："这是按照一个女人的奶子做出来的。"四十年前，我向他借阅的谈工艺的书，无不经他密密地批注过，而且贴了很多条子。他的"变"，对我，以及一些熟人，并不突然。而且认为这和他的写小说，是可以相通的。他是一个高明的鉴赏家。不过所鉴赏的对象，一为人，一为物。这种例子，在文学史上不多见，因此局外人不免觉得难于理解。不管怎么说，在通常意义上，沈先生是改了行了，而且已经是无可挽回的了。你希望他"回来"，他只要动一动步，他的那些丝绸铜铁就都会叫起来的："沈老，沈老，别走，别走，我们要你！"

　　沈从文的"改行"，从整个文化史来说，是得是失，且容天下后世人去作结论吧，反正，他已经三十年不写小说了。

　　三十年。因此现在三十岁的年轻人多不知道沈从文这个名字。四五十岁的呢?像你这样不声不响地读着沈从文小说的人很少了。他们也许知道这个人,在提及时也许会点起一枝烟,翘着一只腿,很潇洒地说:"哈,沈从文,这个人的文字有特点!"六十岁的人,有些是读过他的作品并且受过影响的,但是多年来他们全都保持沉默,无一例外。因此,沈从文就被人忘记了。

谈话,都得大家来谈,互相启发,才可能说出精彩的,有智慧的意见。一个人说话,思想不易展开。幸亏有你这样一个好事者,我说话才有个对象,否则直是对着虚空演讲,情形不免滑稽。独学无友,这是难处之一。

难处之二,是我自己。我"老"了。我不是说我的年龄。我偶尔读了一些国外的研究沈从文的专家的文章,深深感到这一点。我不是说他们的见解怎么深刻、正确,而是我觉得那种不衫不履、无拘无束,纵意而谈的挥洒自如的风度,我没有了。我的思想老化了,僵硬了。我的语言失去了弹性,失去了滋润、柔软。我的才华(假如我曾经有过)枯竭了。我这才发现,我的思想背上了多么沉重的框框。我的思想穿了制服。三十年来,没有真正执行"百花齐放"的方针,使很多人的思想都浸染了官气,使很多人的才华没有得到正常发育,很多人的才华过早的枯萎,这是一个看不见的严重的损失。

以上，我说了我写这篇后记的难处，也许也正说出了沈先生的作品被人忘记的原因。那原因，其实是很清楚的：是政治上和艺术上的偏见。

请容许我说一两句可能也是偏激的话：我们的现代文学史（包括古代文学史也一样）不是文学史，是政治史，是文学运动史，文艺论争史，文学派别史。什么时候我们能够排除各种门户之见，直接从作家的作品去探讨它的社会意义和美学意义呢？

现在，要出版《沈从文选集》，这是一件好事！这是春天的信息，这是"百花齐放"的具体体现。

你来信说，你春节温书，读了沈先生的小说，想着一个问题：什么是艺术生命？你的意思是说，沈先生三十年前写的小说，为什么今天还有蓬勃的生命呢？你好像希望我回答这个问题。我也在想着一个问题：现在出版《沈从文选集》，意义是什么呢？是作为一种"资料"让人们知道五四以来有这样一个作家，写过这样一些作品，他的某些方法，某些技巧可以"借鉴"，可以"批判"地吸取？推而广之，契诃夫有什么意义？拉斐尔有什么意义？贝多芬有什么意义？演奏一首 D 大调奏鸣曲，只是为了让人们"研究"？它跟我们的现实生活不发生关系？……

我的问题和你的问题也许是一个。

这个问题很不好回答。我想了几天,后来还是在沈先生的小说里找到了答案,那是《长河》里夭夭所说的:

"好看的应该长远存在。"

一个乡下人对现代文明的抗议

沈从文是一个复杂的作家。他不是那种"让组织代替他去思想"的作家[1]。从内容到形式,从思想到表现方法,乃至造句修辞,都有他自己的一套。

有一种流行的,轻率的说法,说沈从文是一个"没有思想","没有灵魂","空虚"的作家。一个作家,总有他的思想,尽管他的思想可能是肤浅的,庸俗的,晦涩难懂的,或是反动的。像沈先生这样严肃地,辛苦而固执地写了二十年小说的作家,没有思想,这种说法太离奇了。

沈先生自己也常说,他的某些小说是"习作",是为了教学的需要,为了给学生示范,教他们学会"用不同方法处理不同问题"。或完全用对话,或一句对话也不用……如此等等。这也是事实。我在上他的"创作实习"课的时候,有一次写了一篇作业,写一个小县城的小店铺

---

1 海明威语。

傍晚上灯时来往坐歇的各色人等活动，他就介绍我看他的《腐烂》。这就给了某些评论家以口实，说沈先生的小说是从形式出发的。用这样的办法评论一个作家，实在太省事了。教学生"用不同方法处理问题"是一回事，作家的思想是另一回事。两者不能混为一谈。创作本是不能教的。沈先生对一些不写小说，不写散文的文人兼书贾却在那里一本一本的出版"小说作法"、"散文作法"之类，觉得很可笑也很气愤（这种书当时是很多的），因此想出用自己的"习作"为学生作范例。我到现在，也还觉得这是教创作的很好的，也许是唯一可行的办法。我们，当过沈先生的学生的人，都觉得这是有效果的，实惠的。我倒愿意今天大学里教创作的老师也来试试这种办法。只是像沈先生那样能够试验多种"方法"，掌握多种"方法"的师资，恐怕很不易得。用自己的学习带领着学生去实践，从这个意义讲，沈先生把自己的许多作品叫作"习作"，是切合实际的，不是矫情自谦。但是总得有那样的生活，并从生活中提出思想，又用这样的思想去透视生活，才能完成这样的"习作"。

　　沈先生是很注重形式的。他的"习作"里诚然有一些是形式重于内容的。比如《神巫之爱》和《月下小景》。《月下小景》摹仿《十日谈》，这是无可讳言的。"金狼旅店"在中国找不到,这很像是从塞万提斯的传奇里借用来的。《神巫之爱》里许多抒情歌也显然带着浓厚的异国情调。这些写得很美的诗让人想起萨孚的情歌、《圣经》里的《雅歌》。《月下小景》故事取于《法苑珠林》等书。在语言上仿照佛经的偈语,多四字为句;在叙事方法上也竭力铺排,重复华丽,如六朝译经体格。我们不妨说,这是沈先生对不同文体所作的尝试。我个人认为,这不是沈先生的重要作品,只是备一招而已。就是这样的试验文体的作品,也不是完全不倾注作者的思想。

沈先生曾说:"这世界上或有想在沙基或水面上建造崇楼杰阁的人,那可不是我。"他对称他为"空虚"的,"没有思想"的评论家提出了无可奈何的抗议。他说他想建造神庙,这神庙里供奉的是"人性"。——什么是他所说的"人性"?

他的"人性"不是抽象的。不是欧洲中世纪的启蒙主义者反对基督的那种"人性"。简单地说,就是没有遭到的外来的资本主义的物质文明和精神文明的侵略,没有被洋油、洋布所破坏前中国土著的抒情诗一样的品德。我们可以鲁莽一点,说沈从文是一个民族主义者。

沈先生对他的世界观其实是说得很清楚的,并且一再说到。

沈先生在《长河》题记中说:"……用辰河流域一个小小的水码头作背景,就我所熟习的人事作题材,来写这个地方一些平凡人物生活上的'常'与'变',以及在两相乘除中所有的哀乐。"他所说的"常"与"变"是什么?"常"就是"前一代固有的优点,尤其是长辈中妇女,祖母或老姑母行勤俭治生忠厚待人处,以及在素朴自然景物下衬托简单信仰蕴蓄了多少抒情诗气分"。所谓"变"就是这些品德"被外来洋布煤油逐渐破坏,年青人几乎全不认识,也毫无希望从学习中去认识"。"常"就是"农村社会所保有那点正直素朴人情美";"变"就是"近二十年实际社会培养成功的一种唯实唯利庸俗人生观"。"常"与"变",也就是沈先生在《边城》题记提出的"过去"与"当前"。抒情诗消失,人的生活越来越散文化,人应当怎样活下去,这是资本主义席卷世界之后,许多现代的作家探索和苦恼的问题。这是现代文学的压倒的主题。这也是沈先生全部小说的一个贯串性的主题。

多数现代作家对这个问题是绝望的。他们的调子是低沉的,哀悼的,尖刻的,愤世疾俗的,冷嘲的。沈从文不是这样的人。他不是一个悲观主义者。一九四五年,在他离开昆明之际,他还郑重地跟我说:"千万不要冷嘲。"这是对我的作人和作文的一个非常有分量的警告。最近我提及某些作品的玩世不恭的倾向,他又说:"这不好。对现实可以不满,但一定要有感情。就是开玩笑,也要有感情。"《长河》的题记里说:"横在我们面前许多事都使人痛苦,可是却不用悲观。骤然而来的风雨,说不定会把许多人的高尚理想,卷扫摧残,弄得无影无踪。然而一个人对于人类前途的热忱,和工作的虔敬态度,是应当永远存在,且必然给后来者以极大鼓励的!"沈从文的小说的调子自然不是昂扬的,但是是明朗的,引人向上的。

他叹息民族品德的消失,思索着品德的重造,并考虑从什么地方下手。他把希望寄托于"自然景物的明朗,和生长在这个环境中几个小儿女的性情上的天真纯粹"。

沈先生有时在他的作品中发议论。《长河》是个有意用"夹叙夹议"的方法来写的作品。其他小说中也常常从正反两个方面阐述他的"民族品德重造论"。但是更多的时候他把他的思想包藏在形象中。

《从文自传》中说:

"我记得迭更司的《冰雪因缘》、《滑稽外史》、《贼史》这三部书反复约占去了我两个月的时间。我欢喜这种书,因为他告给我的正是我所要明白的。他不如别的书说道理,他只记下一些现象。即使他说的还是一种很陈腐的道理,但他却有本领把道理包含在现象中。"

沈先生那时大概没有读过恩格斯的书，然而他的认识和恩格斯的倾向性不要特别地说出，是很相近的。沈先生自己也正是这样做的。他把他的思想深深地隐藏在人物和故事的后面。以至当时就有很多人不知道他要说什么。他们不知道沈从文说的是什么，他们就以为他没有说什么。沈先生有些不平了。他在《从文小说习作选》的题记里说："你们都欣赏我的故事的清新[1]，照例那作品背后蕴藏的热情却忽略了，你们能欣赏我文字的朴实，照例那作品背后隐伏的悲痛也忽略了。"他说他的作品在市场上流行，实际上近于"买椟还珠"。这原是难怪的，因为这种热情和悲痛不在表面上。

其实这也不错。作品的思想和它的诗意究竟不是"椟"和"珠"的关系，它是水果的营养价值和红、香、酸甜的关系。人们吃水果不是吃营养。营养是看不见，尝不出来的。然而他看见了颜色，闻到了香气，入口觉得很爽快，这就很好了。

我不想讨论沈先生的民族品德重造论。沈先生在观察中国的问题时用的也不是一个社会学家或一个主教的眼睛。他是一个诗人。他说：

---

[1] 据《从文小说习作选》，应为"你们能欣赏我故事的清新"。——编者注

"我看一切,却并不把那个社会价值搅加进去,估定我的爱憎。……我永远不厌倦的是'看'一切。宇宙万汇在动中,在静止中,我皆能抓定牠的最美丽与最调和的风度,但我的爱好却不能同一切目的相合。我不明白一切同人类生活相联结时的美恶,另外一句话说来,就是我不大能领会伦理的美。接近人生时我永远是个艺术家的感情"。

有诗意还是没有诗意,这是沈先生评价一切人和事物的唯一标准。他怀念祖母或老姑母们,是她们身上"蕴蓄了多少抒情气分"。他讨厌"时髦青年",是讨厌他们的"唯实唯利的庸俗人生观"。沈从文的世界是一个充满乡土气息的抒情诗的世界。他一直把他的诗人气质完好地保存到七十八岁。文物,是他现在陶醉在里面的诗。只是由于这种陶醉,他却积累了一大堆吓人的知识。

水边的抒情诗人

大概每一个人都曾在一个时候保持着对于家乡的新鲜的记忆。他会清清楚楚地记得从自己的家走到所读的小学沿街的各种店铺、作坊、市招、响器、小庙、安放水龙的"局子"、火灾后留下的焦墙、糖坊煮麦芽的气味、竹厂烤竹子的气味……他可以挨着门数过去，一处不差。故乡的瓜果常常是远方的游子难忍的蛊惑。故乡的景物一定会在三四十岁时还会常常入梦的。一个人对生长居住的地方失去新鲜感，像一个贪吃的人失去食欲一样，那他也就写不出什么东西了。乡情的衰退的同时，就是诗情的锐减。可惜呀，我们很多人的乡情和诗情在多年的无情的生活折损中变得迟钝了。

沈先生是幸福的，他在三十几岁时写了一本《从文自传》。

这是一本奇妙的书。这样的书本来应该很多，但是却很少。在中国，好像只有这样一本。这本自传没有记载惊天动地的大事，没有干过大事的历史人物，也没有个人思想感情上的雷霆风暴，只是不加夸饰地记录了一个小地方，一个小小的人的所见、所闻、所感。文字非常朴素。在沈先生的作品中，《自传》的文字不是最讲究、最成熟的，然而却是最流畅的。沈先生说他写东西很少有一气呵成的时候。他的文章是"一个字一个字地雕出来的"。这本书是一个例外（写得比较顺畅的，另外还有一个《边城》）。沈先生说他写出一篇就拿去排印，连看一遍都没有，少有。这本书写得那样的生动、亲切、自然，曾经感动过很多人，当时有一个杂志（好像是《宇宙风》），向一些知名作家征求他本年最爱读的三本书，一向很不轻易地称许人的周作人，头一本就举了《从文自传》。为什么写那样顺畅，而又那样生动、亲切、自然，是因为：

"我就生长到这样一个小城里，将近十五岁时方离开。出门两年半回过那小城一次以后，直到现在为止，那城门我还不再进去过。但那地方我是熟习的。现在还有许多人生活在那个城市里，我却常常生活在那个小城过去给我的印象里。"

这是一本文学自传。它告诉我们一个人是怎样成为作家的，一个作家需要具备哪些素质，接受哪些"教育"。"教育"的意思不是指他在《自传》里提到的《辞源》、迭更斯、《薛氏彝器图录》和索靖的《出师颂》……沈先生是把各种人事、风景，自然界的各种颜色、声音、气味加于他的印象、感觉都算是对自己的教育的。

如果我说：一个作家应该有个好的鼻子，你将会认为这是一句开玩笑的话。不！我是很严肃的。

"薄暮的空气极其温柔，微风摇荡大气中，有稻草香味，有烂熟了山果香味，有甲虫类气味，有泥土气味。一切在成熟，在开始结束一个夏天阳光雨露所及长养生成的一切。……"

我最近到沈先生家去，说起他的《月下小景》，我说：

"你对于颜色、声音很敏感,对于气味……"

我说:"'菌子已经没有了,但是菌子的气味留在空气里',这写得很美,但是我还没有见到一个作家写到甲虫的气味!……"

我的师母张兆和,我习惯上叫她三姐,因为我发现了这一点而很兴奋,说:

"哎!甲虫的气味!"

沈先生笑迷迷地说:"甲虫的分泌物。"

我说:"我小时玩过天牛。我知道天牛的气味,很香,很甜!……"

沈先生还是笑迷迷地说:"天牛是香的,金龟子也有气味。"

师母说:"他的鼻子很灵!什么东西一闻……"

沈从文是一个风景画的大师,一个横绝一代,无与伦比的风景画家。——除了鲁迅的《故乡》、《社戏》,还没有人画出过这样的中国作风,中国气派的风景画。

他的风景画多是混合了颜色、声音和气味的。

举几个例:

"看碾坊往上看,看到堡子里比屋连墙,嘉树成荫,正是十分兴旺的样子,往下来,夹溪有无数山田,如堆积蒸糕;因此种田人借用水力,用大竹扎了无数水车,用椿木做成横轴圆撑住,圆圆的好一面锣,大小不等竖立在水边。这一群水车,就同一群游手好闲人一样,成日成夜不知疲倦的咿咿呀呀唱着意义含糊的歌。"

——《三三》

"辰河中部小吕岸吕家坪,河下游约有四十里一个小土坡上,名叫'枫树坳',坳下有个滕姓祠堂。祠堂前后十几株老枫木树,叶子已被几个早上的严霜,镀上一片黄,一片红,一片紫。枫树下到处是这种彩色斑驳的美的落叶。祠堂前枫树下有个摆小摊子的,放了三个大小不一的簸箕,簸箕中零星货物上也是这种美丽的落叶。祠堂位在山坳上,地点较高,向对河望去,但见千山草黄,起野火处有白烟如云。村落中为耕牛过冬预备的稻草,傍近树根堆积,无不如塔如坟。银杏白杨树成行高矗,大小叶片在微阳下翻飞,黄绿杂彩相间,如旗纛,如羽葆。又如有所招邀,有所期待。沿河桔子园尤呈奇观,绿叶浓翠,绵延小河两岸,缀采在枝头的果实,丹朱明黄,繁密如天上星子,远望但见一片光明,幻异不可形容。河下船埠边,有从土地上得来的萝蔔,薯芋,以及各种农产物,一堆堆放在那里,等待装运下船。三五个孩子,坐在这种庞大堆积物上,相互扭打游戏。河中乘流而下行驶的小船,也多数装满了这种深秋收获物,并装满了弄船人欢欣与希望,向辰谿县、浦市、辰州各个码头集中,到地后再把它卸到干涸河滩上去等待主顾。更远处有皮鼓铜锣声音,说明某一处某中人对于这一年来人与自然合作的结果,因为得到满意的收成,正在野地上举行谢土的仪式,向神表示感激,并预约'明年照常'的简单愿心。

"土地已经疲倦了,似乎行将休息,灵物因之转增妍媚,天宇澄清,河水澄清。"

——《长河·秋(动中有静)》

在小说描写人物心情时,时或揉进景物的描写,这种描写也无不充满着颜色、声音与气味,与人的心情相衬托,相一致。如:

"到午时,各处船上都已经有人在烧饭了。湿柴烧不燃,烟子到处窜,使人流泪打嚏。柴烟平铺到水面如薄绸。听到河街馆子里大师傅用铲子敲打锅边的声音,听到邻船上白菜落锅的声音,老七还不见回来。"

——《丈夫》

"在同一地方,另外一些小屋子里,一定也还有那种能够在小灶里塞上一点湿柴,升起晚餐烟火的人家,湿柴毕毕剥剥的在灶肚中燃着,满屋便窜着呛人的烟子。屋中人,借着灶口的火光,或另一小小的油灯光明,向那个黑色锅里,倒下一碗鱼内脏或一把辣子,于是辛辣的气味同烟雾混合,屋中人皆打着喷嚏,把脸掉向另一方去。"

——《泥涂》

对于颜色、声音、气味的敏感,是一个画家,一个诗人必需具备的条件。这种敏感是要从小培养的。沈先生在给我们上课时就说过:要训练自己的感觉。学生之中有人学会一点感觉,从沈先生的谈吐里,从他的书里。沈先生说他从小就爱到处看,到处听,还到处嗅闻。"我的心总得为一种新鲜声音,新鲜气味而跳。"一本《从文自传》就是一些声音、颜色、气味的记录。当然,主要的还是人。声音、颜色、气味都是附着于人的。沈先生的小说里的人物大都在《自传》里可以找到影子。可以说,《自传》是他所有的小说的提要;他的小说是《自传》的合编。

沈先生的最好的小说是写他的家乡的。更具体的说,是写家乡的水的。沈先生曾写过一篇文章,题为《我的写作和水的关系》。"我幼小时较美丽的生活,大部分都与水不能分离,我的学校可以说是在水边的。我认识美,学会思索,水对我有极大关系"(《自传》)。湘西的一条辰河,流过沈从文的全部作品。他的小说的背景多在水边,随时出现的是广舶子、渡船、木筏、辇烟划子,磨坊、码头、吊脚楼……小说的人物是水边生活,靠水吃水的人,三三、夭夭、翠翠、天保、傩送、老七、水保……关于这条河有说不尽的故事。沈先生写了多少篇关于辰河、沅水、酉水的小说,即每一篇都有近似的色调,然而每一篇又各有特色,每一篇都有不同动人的艺术魅力。河水是不老的,沈先生的小说也永远是清新的。一个人不知疲倦地写着一条河的故事,原因只有一个:他爱家乡。

如果说沈先生的作品是乡土文学,只取这个名词的最好的意义,我想也许沈先生不会反对。

沈从文的寂寞
——浅谈他的散文

一九八一年湖南人民出版社出了沈先生的散文选。选集中所收文章，除了一篇《一个传奇的故事》、一篇《张八寨二十分钟》[1]，其余的《从文自传》、《湘行散记》、《湘西》，都是三十年代写的。沈先生写这些文章时才三十几岁，相隔已经半个世纪了。我说这些话，只是点明一下时间，并没有太多感慨。四十年前，我和沈先生到一个图书馆去，站在一架一架的图书面前，沈先生说："看到有那么多人写了那么多书，我真是什么也不想写了！"古往今来，那么多人写了那么多书，书的命运，盈虚消长，起落兴衰，

---

* 初刊于《读书》一九八四年第八期，初收于《晚翠文谈》。

1 《沈从文散文选》所收两篇为《一个传奇的本事》、《新湘行纪——张八寨二十分钟》。——编者注

有多少道理可说呢。不过一个人被遗忘了多年，现在忽然又来出他的书，总叫人不能不想起一些问题。这有什么历史的和现实的意义？这对于今天的读者——主要是青年读者的品德教育、美感教育和语言文字的教育有没有作用？作用有多大？……

这些问题应该由评论家、文学史家来回答。我不想回答，也回答不了。我是沈先生的学生，却不是他的研究者（已经有几位他的研究者写出了很好的论文）。我只能谈谈读了他的散文后的印象。当然是很粗浅的。

文如其人。有几篇谈沈先生的文章都把他的人品和作品联系起来。朱光潜先生在《花城》上发表的短文就是这样。这是一篇好文章。其中说到沈先生是寂寞的，尤为知言。我现在也只能用这种办法。沈先生用手中一支笔写了一生，也用这支笔写了他自己。他本人就像一个作品，一篇他自己所写的作品那样的作品。

我觉得沈先生是一个热情的爱国主义者，一个不老的抒情诗人，一个顽强的不知疲倦的语言文字的工艺大师。

这真是一个少见的热爱家乡，热爱土地的人。他经常来往的是家乡人，说的是家乡话，谈的是家乡的人和事。他不止一次和我谈起棉花坡的渡船，谈起枫树坳，秋天，满城飘舞着枫叶。一九八一年他回凤凰一次，带着他的夫人和友人看了他的小说里所写过的景物，都看到了，水车和石碾子也终于看到了，没有看到的只是那个大型榨油坊。七十九岁的老人，说起这些，还像一个孩子。他记得的那样多，知道的那样多，想过的那样多，写了的那样多，这真是少有的事。他自己说他最满意的小说是写一条延长千里的沅水边上的人和事的。选集中的散文更全部是写湘西的。这在中国的作家里不多，在外国的作家里也不多。这些作品都是有所为而作的。

沈先生非常善于写风景。他写风景是有目的的。正如他自己所说：

> 一首诗或者仅仅二十八个字，一幅画大小不过一方尺，留给后人的印象，却永远是清新壮丽，增加人对于祖国大好河山的感情。（《张八寨二十分钟》）

风景不殊，时间流动。沈先生常在水边，逝者如斯，他经常提到的一个名词是"历史"。他想的是这块土地，这个民族的过去和未来。他的散文不是晋人的山水诗，不是要引人消沉出世，而是要人振作进取。

读沈先生的作品常令人想起鲁迅的作品，想起《故乡》、《社戏》（沈先生最初拿笔，就是受了鲁迅以农村回忆的题材的小说的影响，思想上也必然受其影响）。他们所写的都是一个贫穷而衰弱的农村。地方是很美的，人民勤劳而朴素，他们的心灵也是那样高尚美好，然而却在一种无望的情况中辛苦麻木地生活着。鲁迅的心是悲凉的。他的小说就混合着美丽与悲凉。湘西地方偏僻，被一种更为愚昧的势力以更为野蛮的方式统治着。那里的生活是"怕人"的，所出的事情简直是离奇的。一个从这种生活里过来的青年人，跑到大城市里，接受了"五四"以来的民主思想，转过头来再看看那里的生活，不能不感到痛苦。《新与旧》里表现了这种痛苦，《菜园》里表现了这种痛苦，《丈夫》、《贵生》里也表现了这种痛苦，他的散文也到处流露了这种痛苦。土著军阀随便地杀人，一杀就是两三千。刑名师爷随便地用红笔勒那么一笔，又急忙提着长衫，拿着白铜水烟袋跑到高坡上去欣赏这种不雅观的游戏。卖菜的周家小妹被一个团长抢去了。"小婊子"嫁了个老烟鬼。一个矿工的女儿，十三岁就被驻防军排长看中，出了两块钱引诱破了身，最后咽了三钱烟膏，死掉了。……说起这些，能不叫人痛苦？这都是谁的责任？"浦市地方屠户也那么瘦了，是谁的责任？"——这问题看似提得可笑，实可悲。便是这种诙谐语气，也是从一种无可奈何的痛苦心境中发出的。这是一种控诉。在小说里，因为要"把道理包含在现象中"，控诉是无言的。在散文中有时就明明白白地说了出来。"读书人的同情，专家的调查,对这种人有什么用?若不能在调查和同情以外有一个'办法',这种人总永远用血和泪在同样情形中打发日子。地狱俨然就是为他们而设的。他们的生活,正说明'生命'在无知与穷困包围中必然的种种。"(《辰豀的煤》)沈先生是一个不习惯于大喊大叫的人,但这样的控诉实不能说是十分"温柔敦厚"。不知道为什么他的这些话很少有人注意。

沈从文不是一个悲观主义者。个人得失事小,国家前途事大。他曾经明确提出:"民族兴衰,事在人为。"就在那样黑暗腐朽(用他的说法是"腐烂")的时候,他也没有丧失信心。他总是想激发青年的自尊心和自信心。"在事业上有以自现,在学术上有以自立。"他最反对愤世嫉俗,玩世不恭。在昆明,他就跟我说过:"千万不要冷嘲。"一九四六年,我到上海,失业,曾想过要自杀,他写了一封长信把我大骂了一通,说我没出息。信中又提到"千万不要冷嘲"。他在《〈长河〉题记》中说:"横在我们面前的许多事都使人痛苦,可是却不用悲观。社会还正在变化中,骤然而来的风风雨雨,说不定把许多人的高尚理想,卷扫摧残,弄得无踪无迹。然而一个人对于人类前途的热忱,和工作的虔敬态度,是应当永远存在,且必然能给后来者以极大鼓励的!"事情真奇怪,沈先生这些话是一九四二年说的,听起来却好像是针对"文化大革命"而说的。我们都经过那十年"痛苦怕人"的生活,国家暂时还有许多困难,有许多问题待解决。有一些青年,包括一些青年作家,不免产生冷嘲情绪,觉得世事一无可取,也一无可为。你们是不是可以听听一个老作家四十年前所说的这些很迂执的话呢?

我说这些话好像有点岔了题。不过也还不是离题万里。我的目的只是想说说沈先生的以民族兴亡为己任的爱国热情。

沈先生关心的是人,人的变化,人的前途。他几次提家乡人的品德性格被一种"大力"所扭曲、压扁。"去乡已十八年,一入辰河流域,什么都不同了。表面上看来,事事物物自然都有了极大进步,试仔细注意注意,便见出在变化中的一种堕落趋势。最明显的事,即农村社会所保有那点正直朴素的人情美,几乎快要消失无余,代替而来的却是近二十年实际社会培养成功的一种唯实唯利的庸俗人生观。敬鬼神畏天命的迷信固然已经被常识所摧毁,然而做人时的义利取舍是非辨别也随同泯没了。"(《〈长河〉题记》)他并没有想把时间拉回去,回到封建宗法社会,归真返朴。他明白,那是不可能的。他只是希望能在一种新的条件下,使民族的热情、品德,那点正直朴素的人情美能够得到新的发展。他在回忆了划龙船的美丽情景后,想到"我们用什么方法,就可使这些人心中感觉一种对'明天'的'惶恐',且放弃过去对自然的和平态度,重新来一股劲儿,用划龙船的精神活下去?这些人在娱乐上的狂热,就证明这种狂热能换个方向,就可使他们还配在世界上占据一片土地,活得更愉快更长久一些。不过有什么方法,可以改造这些人的狂热到一件新的竞争方面去,可是个费思索的问题。"(《箱子岩》)"希望到这个地面上,还有一群精悍结实的青年,来驾驭钢铁征服自然,这责任应当归谁?"——"一时自然不会得到任何结论。"他希望青年人能活得"庄严一点,合理一点",这当然也只是"近乎荒唐的理想"。不过他总是希望着。

他把希望寄托在几个明慧温柔,天真纯粹的小儿女身上。寄托在翠翠身上,寄托在《长河》里的三姊妹身上,也寄托在"一个多情水手与一个多情妇人"身上。——这是一篇写得很美的散文。牛保和那个不知名字的妇人的爱,是一种不正常的爱(这种不正常不该由他们负责),然而是一种非常淳朴真挚,非常美的爱。这种爱里闪耀着一种悠久的民族品德的光。沈先生在《〈长河〉题记》中说:"在《边城》题记上,曾提起一个问题,即拟将'过去'和'当前'对照,所谓民族品德的消失与重造,可能从什么地方着手。《边城》中人物的正直和热情，虽然已经成为过去陈迹了，应当还保留些本质在年轻人的血里或梦里，相宜环境中，即可重新燃起年轻人的自尊心和自信心。"提起《边城》和沈先生的许多其他作品，人们往往愿意和"牧歌"这个词联在一起。这有一半是误解。沈先生的文章有一点牧歌的调子。所写的多涉及自然美和爱情，这也有点近似牧歌。但就本质来说，和中世纪的田园诗不是一回事，不是那样恬静无为。有人说《边城》写的是一个世外桃源，更全部是误解（沈先生在《桃源与沅州》中就把来到桃源县访幽探胜的"风雅"人狠狠地嘲笑了一下）。《边城》（和沈先生的其他作品）不是挽歌，而是希望之歌。民族品德会回来么？

这个人也许永远不回来了，也许明天回来！

回来了！你看看张八寨那个弄船女孩子！

令我显得慌张的，并不尽是渡船的摇动，却是那个站在船头、嘱咐我不必慌张、自己却从从容容在那里当家作事的弄船女孩子。我们似乎相熟又十分陌生。世界上就真有这种巧事，原来她比我二十四年写到的一个小说中人翠翠，虽然晚生十来岁，目前所处环境却仿佛相同，同样在这么青山绿水中摆渡，青春生命在慢慢长成。不同处是社会变化大，见世面多，虽对人无机心，而对自己生存却充满信心。一种"从劳动中得到快乐增加幸福成功"的信心。这也正是一种新型的乡村女孩子共同的特征。目前一位有一点与众不同，只是所在背景环境。

沈先生的重造民族品德的思想，不知道为什么，多年来不被理解。"我作品能够在市场上流行，实际上近于买椟还珠，你们能欣赏我故事的清新，照例那作品背后蕴藏的热情却忽略了，你们能欣赏我文字的朴实，照例那作品背后隐伏的悲痛也忽略了。""寄意寒星荃不察"，沈先生不能不感到寂寞。他的散文里一再提到屈原，不是偶然的。

寂寞不是坏事。从某个意义上，可以说寂寞造就了沈从文。寂寞有助于深思，有助于想象。"我有我自己的生活与思想，可以说是皆从孤独中得来的。我的教育，也是从孤独中得来的。"他的四十本小说，是在寂寞中完成的。他所希望的读者，也是"在多种事业里低头努力，很寂寞的从事于民族复兴大业的人"。(《〈长河〉题记》) 安于寂寞是一种美德。寂寞的人是充实的。

寂寞是一种境界，一种很美的境界。沈先生笔下的湘西，总是那么安安静静的。边城是这样，长河是这样，鸭窠围、杨家岨也是这样。静中有动,静中有人。沈先生善长用一些颜色、一些声音来描绘这种安静的诗境。在这方面,他在近代散文作家中可称圣手。

  黑夜占领了全个河面时,还可以看到木筏上的火光,吊脚楼窗口的灯光,以及上岸下船在河岸大石间飘忽动人的火炬红光。这时节岸上船上都有人说话,吊脚楼上且有妇人在黯淡灯光下唱小曲的声音,每次唱完一支小曲时,就有人笑嚷。什么人家吊脚楼下有只小羊叫,固执而且柔和的声音,使人听来觉得忧郁。

  ……这些人房子窗口既一面临河,可以凭了窗口呼喊河下船中人,当船上人过了瘾,胡闹已够,下船时,或者尚有些事情嘱托,或者其他原因,一个晃着火炬停顿在大石间,一个便凭立在窗口,"大老你记着,船下行时又来!""好,我来的,我记着的。""你见了顺顺就说:'会呢,完了;孩子大牛呢,脚膝骨好了;细粉带三斤,冰糖或片糖带三斤。'""记得到,记得到,大娘你放心,我见了顺顺大爷就说:'会呢,完了。大牛呢,好了。细粉来三斤,冰糖来三斤。'""杨氏,杨氏,一共四吊七,莫错账!""是的,放心呵,你说四吊七就四吊七,年三十夜莫会多要你的！你自己记着就是了。"这样那样的说着，我一一都可听到，而且一面还可以听着在黑暗中某一处咩咩的羊鸣。(《鸭窠围的夜》)

真是如闻其声。这样的河上河下喊叫着的对话，我好像在别一处也曾听到过。这是一些多么平常琐碎的话呀，然而这就是人世的生活。那只小羊固执而柔和地叫着，使沈先生不能忘记，也使我多年不能忘记，并且如沈先生常说的，一想起就觉得心里"很软"。

不多久，许多木筏皆离岸了，许多下行船也拔了锚，推开篷，着手荡桨摇橹了。我卧在船舱中，就只听到水面人语声，以及橹桨激水声，与橹桨本身被扳动时咿咿哑哑声。河岸吊脚楼上妇人在晓气迷濛中锐声的喊人，正如同音乐中的笙管一样，超越众声而上。河面杂声的综合，交织了庄严与流动，一切真是一个圣境。

岸上吊脚楼前枯树边，正有两个妇人，穿了毛蓝布衣服，不知商量些什么，幽幽的说着话。这里雪已极少，山头皆裸露作深棕色，远山则为深紫色。地方静得很，河边无一只船，无一个人，无一堆柴。河边某一个大石后面，有人正在捶捣衣服，一下一下的捣。对河也有人说话，却看不清楚人在何处。(《一个

多情水手与一个多情妇人》)

"空山不见人,但闻人语响","竹喧归浣女,莲动下渔舟",静中有动,以动为静,这是中国文学的一个长久的传统。但是这种境界只有一个摆脱浮世的营扰,习惯于寂寞的人方能于静观中得之。齐白石题画云:"白石老人心闲气静时一挥",寂寞安静,是艺术创作所必需的气质。一个热中于利禄,心气浮躁的人,是不能接近自然,也不能接近生活的。沈先生"习静"的方法是写字。在昆明,有一阵,他常常用毛笔在竹纸书写的两句诗是"绿树连村暗,黄花入麦稀"。我就是从他常常书写的这两句诗(当然不止这两句)里解悟到应该怎样用少量文字描写一种安静而活泼,充满生气的"人境"的。

> 我就是个不想明白道理却永远为现象所倾心的人。我看一切,却并不把那个社会价值掺加进去,估定我的爱憎。我不愿问价钱上的多少来为万物作一个好坏批评,却愿意考查他在我官觉上使我愉快不愉快的分量。我永远不厌倦的是"看"一切。宇宙万汇在动作中,在静止中,在我印象里,我都能抓定它的最美丽与最调和的风度,但我的爱好显然却不能同一般目的相合。我不明白一切同人类生活相联结时的美恶,另外一句话来说,就是我不大领会伦理的美。接

近人生时我永远是个艺术家的感情,却不是所谓道德君子的感情。(《自传·女难》)

沈先生五十年前所作的这个"自我鉴定"是相当准确的。他的这种诗人气质,从小就有,至今不衰。

《从文自传》是一本奇特的书。这本书可以从各种角度去看。你可以看到从辛亥革命到"五四"湘西一隅的怕人生活,了解一点中国历史;可以看到一个人"生活陷于完全绝望中,还能充满勇气与信心始终坚持工作,他的动力来源何在",从而增加一点自己对生活的勇气与信心。沈先生自己说这是一本"顽童自传"。我对这本书特别感兴趣,是因为这是一本培养作家的教科书,它告诉我人是怎样成为诗人的。一个人能不能成为一个作家,童年生活是起决定作用的。首先要对生活充满兴趣,充满好奇心,什么都想看看。要到处看,到处听,到处闻嗅,一颗心"永远为一种新鲜颜色,新鲜声音,新鲜气味而跳",要用感官去"吃"各种印象。要会看,看得仔细,看得清楚,抓得住生活中"最美的风度";看了,还得温习,记着,回想起来还异常明朗,要用时即可方便地移到纸上。什么都去看看,要在平平常常的生活里看到它的美,它的诗意,它的亚细亚式残酷和愚昧。比如,熔铁,这有什么看头呢?然而沈先生却把这过程写了好长一段,写得那样生动!一个打豆腐的,因为一件荒唐的爱情要被杀头,临刑前柔弱的笑笑,"我记得这个微笑,十余年来在我印象中还异常明朗"。(《清乡所见》)沈先生的这本《自传》中记录了很多他从生活中得到的美的深刻印象和经验。一个人的艺术感觉就是这样从小锻炼出来的。有一本书叫做《爱的教育》,沈先生这本书实可称为一本"美的教育"。我就是从这本薄薄的小书里学到很多东西,比读了几十本文艺理论书还有用。

沈先生是个感情丰富的人,非常容易动情,非常容易受感动(一个艺术家若不比常人更为善感,是不成的)。他对生活,对人,对祖国的山河草木都充满感情,对什么都爱着,用一颗蔼然仁者之心爱着。

> 山头一抹淡淡的午后阳光感动我,水底各色圆如棋子的石头也感动我。我心中似乎毫无渣滓,透明烛照,对万汇百物,对拉船人与小小船只,一切都那么爱着,十分温暖的爱着!(《一九三四年一月十八日》)

因为充满感情,才使《湘行散记》和《湘西》流溢着动人的光彩。这里有些篇章可以说是游记,或报告文学,但不同于一般的游记或报告文学,它不是那样冷静,那样客观。有些篇,单看题目,如《常德的船》、《沅陵的人》,

尤其是《辰谿的煤》，真不知道这会是一些多么枯燥无味的东西，然而你看下去，你就会发现，一点都不枯燥！它不同于许多报告文学，是因为作者生于斯，长于斯，在这里生活过（而且是那样的生活过），它是凭作者自己的生活经验，凭亲历的第一手材料写的；不是凭采访调查材料写的。这里寄托了作者的哀戚、悲悯和希望，作者与这片地，这些人是血肉相关的，感情是深沉而真挚的，不像许多报告文学的感情是空而浅的，——尽管装饰了好多动情的词句。因为作者对生活熟悉且多情，故写来也极自如，毫无勉强，有时不厌其烦，使读者也不厌其烦；有时几笔带过，使读者悠然神往。

和抒情诗人气质相联系的，是沈先生还很富于幽默感。《一个爱惜鼻子的朋友》是一篇非常有趣的妙文。我每次看到："姓印的可算得是个球迷。任何人邀他去踢球。他皆高兴奉陪，球离他不管多远，他总得赶去踢那么一脚。每到星期天，军营中有人往沿河下游四里的教练营大操场同学兵玩球时，这个人也必参加热闹。大操场里极多牛粪，有一次同人争球，见牛粪也拼命一脚踢去，弄得另一个人全身一塌糊涂"，总难免失声大笑。这个人大概就是《自传》里提到的印鉴远。我好像见过这个人。黑黑，瘦瘦的，说话时爱往前探着头。而且无端地觉得他的脚背一定很高。细想想，大概是没有见过，我见过他的可能性极小。因为沈先生把他写得太生动，以至于使他在我印象里活起来了。沅陵的阙五老，是个多有风趣的妙人！沈先生的幽默是很含蓄蕴藉的。他并不存心逗笑，只是充满了对生活的情趣，觉得许多人，许多事都很好玩。只有一个心地善良，与人无忤，好脾气的人，才能有这种透明的幽默感。他是用微笑来看这个世界的，经常总是很温和地笑着，很少生气着急的时候。——当然也有。

仁者寿。因为这种抒情气质，从不大计较个人得失荣辱，沈先生才能经受了各种打击磨难，依旧还好好地活了下来。八十岁了，还是精力充沛，兴致勃勃。他后来"改行"搞文物研究，乐此不疲，每日孜孜，一坐下去就是十几个小时，也跟这点诗人气质有关。他搞的那些东西，陶瓷、漆器、丝绸、服饰，都是"物"，但是他看到的是人，人的聪明，人的创造，人的艺术爱美心和坚持不懈的劳动。他说起这些东西时那样兴奋激动，赞叹不已，样子真是非常天真。他搞的文物工作，我真想给它起一个名字，叫做"抒情考古学"。

沈先生的语言文字功力，是举世公认的。所以有这样的功力，一方面是由于读书多。"由《楚辞》、《史记》、曹植诗到'挂枝儿'曲，什么我都欢喜看看。"我个人觉得，沈先生的语言受魏晋人文章影响较大。试看："由沅陵南岸看北岸山城，房屋接瓦连椽，较高处露出雉堞，沿山围绕，丛树点缀其间，风光入眼，实不俗气。由北岸向南望，则河边小山间，竹园、树木、庙宇、高塔、民居，仿佛各个位置都在最适当处。山后较远处群峰罗列，如屏如障，烟云变幻，颜色积翠堆蓝。早晚相对，令人想象其中必有帝子天神，驾螭乘蜺，驰骤其间。绕城长河，每年三四月春水发后，洪江油船颜色鲜明，在摇橹歌呼中联翩下驶。长方形大木筏，数十精壮汉子，各据筏上一角，举桡激水，乘流而下。就中最令人感动处，是小船半渡，游目四瞩，俨然四围皆山，山外重山，一切如画。水深流速，弄船女子，腰腿劲健，胆大心平，危立船头，视若无事。"(《沅陵的人》) 这不令人想到郦道元的《水经注》？我觉得沈先生写得比郦道元还要好些，因为《水经注》没有这样的生活气息，他多写景，少写人。另外一方面，是从生活学，向群众学习。"我文字风格，假若还有些值得注意处，那只因为我记得水上人的言语太多了。"(《我的写作与水的关系》) 沈先生所用的字有好些是直接从生活来，书上没有的。比如："我一个人坐在灌满冷气的小小船舱中"的"灌"字（《箱子岩》），"把鞋脱了还不即睡，便镶到水手身旁去看牌"的"镶"字（《鸭窠围的夜》）。这就同鲁迅在《高老夫子》里"我辈正经人犯不上酱在一起"的"酱"字一样,是用得非常准确的。这样的字,在生活里,群众是用着的,但在知识分子口中,在许多作家的笔下,已经消失了。我们应当在生活里多找找这种字。还有一方面,是不断地实践。

沈先生说:"本人学习用笔还不到十年,手中一支笔,也只能说正逐渐在成熟中,慢慢脱去矜持、浮夸、生硬、做作,日益接近自然。"(《从文自传·附记》)沈先生写作,共三十年。头一个十年,是试验阶段,学习使用文字阶段。当中十年,是成熟期。这些散文正是成熟期所写。成熟的标志,是脱去"矜持、浮夸、生硬、做作"。

沈先生说他的作品是一些"习作",他要试验用各种不同方法来组织铺陈。这几十篇散文所用的叙事方法就没有一篇是雷同的!

"一切作品都需要个性,都必需浸透作者人格和感情,想达到这个目的,写作时要独断,要澈底地独断!(文学在这时代虽不免被当作商品之一种,便是商品,也有精粗,且即在同一物品上,制作者还可匠心独运,不落窠臼,社会上流行的风格,流行的款式,尽可置之不问。)"(《从文小说习作选·代序》)这在今天,对许多青年作家,也不失为一种忠告。一个作家,要有自己的风格,经得起时间的考验，必须耐得住寂寞，不要赶时髦，不要追求"票房价值"。

"虽然如此，我还预备继续我这个工作，且永远不放下我一点狂妄的想像，以为在另外一时，你们少数的少数，会越过那条间隔城乡的深沟，从一个乡下人的作品中，发现一种燃烧的感情，对于人类智慧与美丽永远的倾心，康健诚实的赞颂，以及对愚蠢自私极端憎恶的感情。这种感情且居然能刺激你们，引起你们对人生向上的憧憬，对当前一切的怀疑。先生，这打算在目前近于一个乡下人的打算，是不是。然而到另外一时，我相信有这种事。"(《从文小说习作选·代序》)莫非这"另外一时"已经到了么？

一九八二年十一月三日上午写完

我的老师沈从文

一九三七年,日本人占领了江南各地,我不能回原来的中学读书,在家闲居了两年。除了一些旧课本和从祖父的书架上翻出来的《岭表录异》之类的杂书,身边的"新文学"只有一本屠格涅夫的《猎人日记》和一本上海一家野鸡书店盗印的《沈从文小说选》。两年中,我反反复复地看着的,就是这两本书。所以反复地看,一方面是因为没有别的好书看,一方面也因为这两本书和我的气质比较接近。我觉得这两本书某些地方很相似。这两本书甚至形成了我对文学,对小说的概念。我的父亲见我反复地看这两本书,就也拿去看。他是看过《三国》、《水浒》、《红

---

* 初刊于《收获》二〇〇九年第三期,初收于人民文学版《汪曾祺全集》第四卷。

楼梦》的。看了这两本书,问我:"这也是小说吗?"我看过林琴南翻译的《说部丛刊》,看过张恨水的《啼笑因缘》,也看过巴金、郁达夫的小说,看了《猎人日记》和沈先生的小说,发现:哦,原来小说是可以这样的,是写这样一些人和事,是可以这样写的。我在中学时并未有志于文学。在昆明参加大学联合招生,在报名书上填写"志愿"时,提笔写下了"西南联大中国文学系",是和读了《沈从文小说选》有关系的。当时许多学生报考西南联大都是慕名而来。这里有朱自清、闻一多、沈从文。——其他的教授是入学后才知道的。

沈先生在联大开过三门课:"各体文习作"、"创作实习"和"中国小说史"。"各体文习作"是本系必修课,其余两门是选修,我是都选了的。因此一九四一、四二、四三年,我都上过沈先生的课。

"各体文习作"这门课的名称有点奇怪,但倒是名副其实的,教学生习作各体文章。有时也出题目。我记得沈先生在我的上一班曾出过"我们小庭院有什么"这样的题目,要求学生写景物兼及人事。有几位老同学用这题目写出了很清丽的散文,在报刊上发表了,我都读过。据沈先生自己回忆,他曾给我的下几班同学出过一个题目,要求他们写一间屋子里的空气。我那一班出过什么题目,我倒都忘了。为什么出这样一些题目呢？沈先生说：先得学会做部件，然后才谈得上组装。大部分时候，是不出题目的，由学生自由选择，想写什么就写什么。这课每周一次。学生在下面把车好、刨好的文字的零件交上去。下一周，沈先生就就这些作业来讲课。

说实在话，沈先生真不大会讲课。看了《八骏图》，那位教创作的达士先生好像对上课很在行，学期开始之前，就已经定好了十二次演讲的内容，你会以为沈先生也是这样。事实上全不是那回事。他不像闻先生那样：长髯垂胸，双目炯炯，富于表情，语言的节奏性很强，有很大的感染力；也不像朱先生那样：讲解很系统，要求很严格，上课带着卡片，语言朴素无华，然而扎扎实实。沈先生的讲课可以说是毫无系统，——因为就学生的文章来谈问题，也很难有系统，大都是随意而谈，声音不大，也不好懂。不好懂，是因为他的湘西口音一直未变，——他能听懂很多地方的方言，也能学说得很像，可是自己讲话仍然是一口凤凰话；也因为他的讲话内容不好捉摸。沈先生是个思想很流动跳跃的人，常常是才说东，忽而又说西。甚至他写文章时也是这样，有时真会离题万里，不知说到哪里去了，用他自己的话说，是"管不住手里的笔"。他的许多小说，结构很均匀缜密，那是用力"管"住了笔的结果。他的思想的跳动,给他的小说带来了文体上的灵活,对讲课可不利。沈先生真不是个长于逻辑思维的人,他从来不讲什么理论。他讲的都是自己从刻苦的实践中摸索出来的经验之谈,没有一句从书本上抄来的话。——很多教授只会抄书。这些经验之谈,如果理解了,是会终身受益的。遗憾的是,很不好理解。比如,他经常讲的一句话是:"要贴到人物来写。"这句话是什么意思呢?你可以作各种深浅不同的理解。这句话是有很丰富的内容的。照我的理解是:作者对所写的人物不能用俯视或旁观的态度。作者要和人物很亲近。作者的思想感情,作者的心要和人物贴得很紧,和人物一同哀乐,一同感觉周围的一切(沈先生很喜欢用"感觉"这个词,他老是要学生训练自己的感觉)。什么时候你"捉"不住人物,和人物离得远了,你就只好写一些似是而非的空话。一切从属于人物。写景、叙事都不能和人物游离。景物,得是人物所能感受得到的景物。得用人物的眼睛来看景物,用人物的耳朵来听,人物的鼻子来闻嗅。《丈夫》里所写的河上的晚景,是丈夫所看到的晚景。《贵生》里描写的秋天,是贵生感到的秋天。写景和叙事的语言和人物的语言(对话)要相协调。这样,才能使通篇小说都渗透了人物,使读者在字里行间都感觉到人物,——同时也就感觉到作者的风格。风格,是作者对人物的感受。离开了人物,风格就不存在。这些,是要和沈先生相处较久,读了他许多作品之后,才能理解得到的。单是一句"要贴到人物来写",谁知道是什么意思呢?又如,他曾经批评过我的一篇小说,说:"你这是两个聪明脑袋在打架!"让一个第三者来听,他会说:"这是什么意思?"我是明白的。我这篇小说用了大量的对话,我尽量想把对话写得深一点,美一点,有诗意,有哲理。事实上,没有人会这样的说话,就是两个诗人,也不会这样的交谈。沈先生这句话等于说:这是不真实的。沈先生自己小说里的对话,大都是平平常常的话,但是一样还是使人感到人物,觉得美。从此,我就尽量把对话写得朴素一点,真切一点。

沈先生是那种"用手来思索"的人[1]。他用笔写下的东西比用口讲出的要清楚得多,也深刻得多。使学生受惠的,不是他的讲话,而是他在学生的文章后面所写的评语。沈先生对学生的文章也改的,但改得不多,但是评语却写得很长,有时会比本文还长。这些评语有的是就那篇习作来谈的,也有的是由此说开去,谈到创作上某个问题。这实在是一些文学随笔。往往有独到的见解,文笔也很讲究。老一辈作家大都是"执笔则为文",不论写什么,

---

[1] 巴甫连科说作家是用手来思考的。

哪怕是写一个便条,都是当一个"作品"来写的。——这样才能随时锻炼文笔。沈先生历年写下的这种评语,为数是很不少的,可惜没有一篇留下来。否则,对今天的文学青年会是很有用处的。

除了评语,沈先生还就学生这篇习作,挑一些与之相近的作品,他自己的,别人的,——中国的外国的,带来给学生看。因此,他来上课时都抱了一大堆书。我记得我有一次写了一篇描写一家小店铺在上板之前各色各样人的活动,完全没有故事的小说,他就介绍我看他自己写的《腐烂》(这篇东西我过去未看过)。看看自己的习作,再看看别人的作品,比较吸收,收效很好。沈先生把他自己的小说总集叫做《沈从文小说习作选》[1],说这都是为了给上创作课的学生示范,有意地试验各种方法而写的,这是实情,并非故示谦虚。

沈先生这种教写作的方法,到现在我还认为是一种很好的方法,甚至是唯一可行的方法。我倒希望现在的大学中文系教创作的老师也来试试这种方法。可惜愿意这样教的人不多;能够这样教的,也很少。

"创作实习"上课和"各体文习作"也差不多,只是有时较有系统地讲讲作家论。"小说史"使我读了不少中国

---

[1] 应为《从文小说习作选》。——编者注

我的老师沈从文

古代小说。那时小说史资料不易得，沈先生就自己用毛笔小行书抄录在昆明所产的竹纸上，分给学生去看。这种竹纸高可一尺，长约半丈，折起来像一个经卷。这些资料，包括沈先生自己辑录的罕见的资料，辗转流传，全都散失了。

沈先生是我见到的一个少有的勤奋的人。他对闲散是几乎不能容忍的。联大有些学生，穿着很"摩登"的西服，头上涂了厚厚的发蜡，走路模仿克拉克·盖博[1]，一天喝咖啡、参加舞会，无所事事。沈先生管这种学生叫"火奴鲁鲁"——"哎，这是个火奴鲁鲁[2]！"他最反对打扑克，以为把生命这样的浪费掉，实在不可思议。他曾和几个作家在井冈山住了一些时候，对他们成天打扑克很不满意，"一天打扑克，——在井冈山这种地方！哎！"除了陪客人谈天，我看到沈先生，都是坐在桌子前面，写。他这辈子写了多少字呀。有一次，我和他到一个图书馆去，在一排一排的书架前面，他说："看到有那么多人写了那么多的书，我真是什么也不想写了。"这句话与其说是悲哀的感慨，不如说是对自己的鞭策。他的文笔很流畅，有一

---

1 克拉克·盖博是三十到四十年代的美国电影明星。
2 火奴鲁鲁即檀香山。至于沈先生为什么把这样的学生叫做"火奴鲁鲁"，我到现在还不明白。

个时期且被称为多产作家，三十年代到四十年代，十年中他出了四十个集子，你会以为他写起来很轻易。事实不是那样。除了《从文自传》是一挥而就，写成之后，连看一遍也没有，就交出去付印之外，其余的作品都写得很艰苦。他的《边城》不过六七万字，写了半年。据他自己告诉我，那时住在北京的达子营，巴金住在他家。他那时还有个"客厅"。巴金在客厅里写，沈先生在院子里写。半年之间，巴金写了一个长篇，沈先生却只写了一个《边城》。我曾经看过沈先生的原稿（大概是《长河》），他不用稿纸，写在一个硬面的练习本上，把横格竖过来写。他不用自来水笔，用蘸水钢笔（他执钢笔的手势有点像执毛笔，执毛笔的手势却又有点像拿钢笔），这原稿真是"一塌糊涂"，勾来划去，改了又改。他真干过这样的事：把原稿一条一条地剪开，一句一句地重新拼合。他说他自己的作品是"一个字一个字地雕出来的"，这不是夸张的话。他早年常流鼻血。大概是因为血小板少，血液不易凝固，流起来很难止住。有时夜里写作，鼻血流了一大摊，邻居发现他伏在血里，以为他已经完了。我就亲见过他的沁着血的手稿。

因为日本飞机经常到昆明来轰炸，很多教授都"疏散"到了乡下。沈先生也把家搬到了呈贡附近的桃源新村。他每个星期到城里来住几天，住在文林街教员宿舍楼上把角临街的一间屋子里，房屋很简陋。昆明的房子，大都不盖望板，瓦片直接搭在椽子上，晚上从瓦缝中可见星光、月光。下雨时，漏了，可以用竹竿把瓦片顶一顶，移密就疏，办法倒也简便。沈先生一进城，他这间屋子里就不断有客人。来客是各色各样的，有校外的，也有校内的教授和学生。学生也不限于中文系的，文、法、理、工学院的都有。不论是哪个系的学生都对文学有兴趣，都看文学书，有很多理工科同学能写很漂亮的文章，这大概可算是西南联大的一种学风。这种学风，我以为今天应该大力的提倡。沈先生只要进城，我是一定去的。去还书，借书。

　　沈先生的知识面很广，他每天都看书。现在也还是这样。去年，他七十八岁了，我上他家去，沈师母还说："他一天到晚看书，——还都记得！"他看的书真是五花八门，他叫这是"杂知识"。他的藏书也真是兼收并蓄。文学书、哲学书、道教史、马林诺斯基的人类学、亨利·詹姆斯、弗洛伊德、陶瓷、髹漆、糖霜、观赏植物……大概除了《相对论》，在他的书架上都能找到。我每次去，就随便挑几本，看一个星期（我在西南联大几年，所得到的一点"学问"，大部分是从沈先生的书里取来的）。他的书除了自己看，买了来，就是准备借人的。联大很多学生手里都有一两本扉页上写着"上官碧"的名字的书。沈先生看过的书大都做了批注。看一本陶瓷史，铺天盖地，全都批满了，又还粘了许多纸条，密密地写着字。这些批注比正文的字数还要多，很多书上，做了题记。题记有时与本书无关，或记往事，或抒感慨。有些题记有着只有本人知道的"本事"，别人不懂。比如，有一本书后写着："雨季已过，无虹可看矣。"有一本后面题着："某月日，见一大胖女人从桥上过，心中十分难过。"前一条我可以约略知道，后一条则不知所谓了。为什么这个大胖女人使沈先生心中十分难过呢？我对这些题记很感兴趣，觉得很有意思，而且自成一种文体，所以到现在还记得。他的藏书几经散失。去年我去看他，书架上的书大都是近年买的，我所熟识的，似只有一函《少室山房全集》[1]了。

沈先生对美有一种特殊的敏感。他对美的东西有着一种炽热的、生理的、近乎是肉欲的感情。美使他惊奇，使他悲哀，使他沉醉。他搜罗过各种美术品。在北京，他好几年搜罗瓷器。待客的茶杯经常变换，也许是一套康熙青花，也许是鹧鸪斑的浅盏，也许是日本的九谷瓷。吃饭的时候，客人会放下筷子，欣赏起他的雍正粉彩大盘，把盘

---

[1] 《少室山房全集》应为《少室山房集》。——编者注

里的韭黄炒鸡蛋都搁凉了。在昆明,他不知怎么发现了一种竹胎的缅漆的圆盒,黑红两色的居多,间或有描金的,盒盖周围有极繁复的花纹,大概是用竹笔刮绘出来的,有云龙花草,偶尔也有画了一圈趺坐着的小人的。这东西原是奁具,不知是什么年代的,带有汉代漆器的风格而又有点少数民族的色彩。他每回进城,除了置买杂物,就是到处寻找这东西(很便宜的,一只圆盒比一个粗竹篮贵不了多少)。他大概前后搜集了有几百,而且鉴赏越来越精,到后来,稍一般的,就不要了。我常常随着他满城乱跑,去衰货摊上觅宝。有一次买到一个直径一尺二的大漆盒,他爱不释手,说:"这可以做一个《红黑》的封面!"有一阵又不知从哪里找到大批苗族的挑花。白色的土布,用色线(蓝线或黑线)挑出精致而天真的图案。有客人来,就摊在一张琴案上,大家围着看,一人手里捧着一杯茶,不断发出惊叹的声音。抗战后,回到北京,他又买了很多旧绣货:扇子套、眼镜套、槟榔荷包、枕头顶,乃至帐檐、飘带……(最初也很便宜,后来就十分昂贵了)后来又搞丝绸,搞服装。他搜罗工艺品,是最不功利,最不自私的。他花了大量的钱买这些东西,不是以为奇货可居,也不是为了装点风雅,他是为了使别人也能分尝到美的享受,真是"与朋友共,敝之而无憾"。他的许多藏品都不声不响地捐献给国家了。北京大学博物馆初成立的时候,玻璃柜里的不少展品就是从中老胡同沈家的架上搬去的。昆明的熟人的案上几乎都有一个两个沈从文送的缅漆圆盒,用来装芙蓉糕、萨其马或邮票、印泥之类杂物。他的那些名贵的瓷器,我近二年去看,已经所剩无几了,就像那些扉页上写着"上官碧"名字的书一样,都到了别人的手里。

沈从文欣赏的美,也可以换一个字,是"人"。他不把这些工艺品只看成是"物",他总是把它和人联系在一起的。他总是透过"物"看到"人"。对美的惊奇,也是对人的赞叹。这是人的劳绩,人的智慧,人的无穷的想象,人的天才的、精力弥满的双手所创造出来的呀!他在称赞一个美的作品时所用的语言是充满感情的,也颇特别,比如:"那样准确,准确得可怕!"他常常对着一幅织锦缎或者一个"七色晕"的绣片惊呼:"真是了不得!""真不可想象!"他到了杭州,才知道故宫龙袍上的金线,是瞎子在一个极薄的金箔上凭手的感觉割出来的,"真不可想象!"有一次他和我到故宫去看瓷器,有几个莲子盅造型极美,我还在流连赏玩,他在我耳边轻轻地说:"这是按照一个女人的奶子做出来的。"

沈从文从一个小说家变成一个文物专家,国内国外许多人都觉得难以置信。这在世界文学史上似乎尚无先例。对我说起来，倒并不认为不可理解。这在沈先生，与其说是改弦更张，不如说是轻车熟路。这有客观的原因，也有主观原因。但是五十岁改行，总是件冒险的事。我以为沈先生思想缺乏条理，又没有受过"科学方法"的训练，他对文物只是一个热情的欣赏者，不长于冷静的分析，现在正式"下海"，以此作为专业，究竟能搞出多大成就，最初我是持怀疑态度的。直到前二年，我听他谈了一些文物方面的问题，看到他编纂的《中国服装史资料》的极小一部分图片，我才觉得，他钻了二十年，真把中国的文物钻通了。他不但钻得很深，而且，用他自己的说法：解决了一个问题，其他问题也就"顷刻"解决了。服装史是个拓荒工作。他说现在还是试验，成不成还不知道。但是我觉得：填补了中国文化史研究的一个重要的空白，对历史、戏剧等方面将发生很大作用，一个人一辈子做出这样一件事，也值了！《服装史》终于将要出版了，这对于沈先生的熟人，都是很大的安慰。因为治服装史，他又搞了许多副产品。他搞了扇子的发展，马戏的发展（沈从文这个名字和"马戏"联在一起，真是谁也没有想到的）。他从人物服装，断定号称故宫藏画最早的一幅展子虔《游春图》不是隋代的而是晚唐的东西。他现在在手的研究专题就有四十个。其中有一些已经完成了（如陶瓷史），有一些正在做。他在去年写的一篇散文《忆翔鹤》的最后说"一息尚存，即有责任待尽"，不是一句空话。沈先生是一个不知老之将至的人，另一方面又有"时不我与"之感，所以他现在工作加倍地勤奋。沈师母说他常常一坐下来就是十几个小时。沈先生是从来没有休息的。他的休息只是写写字。是一股什么力量催着一个年近八十的老人这样孜孜矻矻，不知疲倦地工作着的呢？我以为：是炽热而深沉的爱国主义。

沈从文从一个小说家变成了文物专家，对国家来说，孰得孰失，且容历史去做结论吧。许多人对他放下创作的笔感到惋惜，希望他还能继续写文学作品。我对此事已不抱希望了。人老了，驾驭文字的能力就会衰退。他自己也说他越来越"管不住手里的笔"了。但是看了《忆翔鹤》，改变了我的看法。这篇文章还是写得那样流转自如，毫不枯涩，旧日文风犹在，而且更加炉火纯青了。他的诗情没有枯竭，他对人事的感受还是那样精细锐敏，他的抒情才分因为世界观的成熟变得更明净了。那么，沈老师，在您的身体条件许可下，兴之所至，您也还是写一点吧。

朱光潜先生在一篇谈沈从文的短文中，说沈先生交游很广，但朱先生知道，他是一个寂寞的人。吴祖光有一次跟我说："你们老师不但文章写得好，为人也是那样好。"他们的话都是对的。沈先生的客人很多，但都是君子之交，言不及利。他总是用一种含蓄的热情对人，用一种欣赏的、抒情的眼睛看一切人。对前辈、朋友、学生、家人、保姆，都是这样。他是把生活里的人都当成一个作品中的人物去看的。他津津乐道的熟人的一些细节，都是小说化了的细节。大概他的熟人也都感觉到这一点，他们在沈先生的客座（有时是一张破椅子，一个小板凳）上也就不大好意思谈出过于庸俗无聊的话，大都是上下古今，天南地北地闲谈一阵，喝一盏清茶，抽几枝烟，借几本书和他所需要的资料（沈先生对来借资料的，都是有求必应），就走了。客人一走，沈先生就坐到桌子跟前拿起笔来了。

沈先生对曾经帮助过他的前辈是念念不忘的，如林宰平先生、杨今甫（振声）先生、徐志摩。林老先生我未见过，只在沈先生处见过他所写的字。杨先生也是我的老师，这是个非常爱才的人。沈先生在几个大学教书，大概都是出于杨先生的安排。他是中篇小说《玉君》的作者。我在昆明时曾在我们的系主任罗莘田先生的案上见过他写的一篇游戏文章《释鳏》，是写联大的光棍教授的生活的。杨先生多年过着独身生活。他当过好几个大学的文学院长，衬衫都是自己洗烫，然而衣履精整，窗明几净，左图右史，自得其乐，生活得很潇洒。他对后进青年的作品是很关心的。他曾经托沈先生带话，叫我去看看他。我去了，他亲自洗壶涤器，为我煮了咖啡，让我看了沈尹默给他写的字，说"尹默的字超过明朝人"；又让我看了他的藏画，其中有一套姚茫父的册页，每一开的画芯只有一个火柴盒大，却都十分苍翠雄浑，是姚画的难得的精品。坐了一个多小时，我就告辞出来了。他让我去，似乎只是想跟我随便聊聊，看看字画。沈先生夫妇是常去看杨先生的，想来情形亦当如此。徐志摩是最初发现沈从文的才能的人。沈先生说过，如果没有徐志摩，他就不会成为作家，他也许会去当警察，或者随便在哪条街上倒下来，胡里胡涂地死掉了。沈先生曾和我说过许多这位诗人的佚事。诗人，总是有些倜傥不羁的。沈先生说他有一次上课，讲英国诗，从口袋里摸出一个大烟台苹果，一边咬着，说："中国是有好东西的！"

沈先生常谈起的三个朋友是梁思成、林徽因、金岳霖。梁思成后来我在北京见过，林徽因一直没有见着。他们都是学建筑的。我因为沈先生的介绍，曾看过《营造法式》之类的书，知道什么叫"一斗三升"，对赵州桥、定州塔发生很大的兴趣。沈先生的好多册《营造学报》一直在我手里，直到"文化大革命"，才被"处理"了。从沈先生口中，我知道梁思成有一次为了从一个较远的距离观测一座古塔内部的结构，一直往后退，差一点从塔上掉了下去。林徽因对文学艺术的见解是为徐志摩、杨今甫、沈从文等一代名流所倾倒的。这是一个真正的中国的"沙龙女性"，一个中国的弗吉尼亚·沃尔芙。她写的小说如《窗子以外》、《九十九度中》，别具一格，和废名的《桃园》、《竹林的故事》一样，都是现代中国文学里的不可忽视的作品。现在很多人在谈论"意识流"，看看林徽因的小说，就知道不但外国有，中国也早就有了。她很会谈话，发着三十九度以上的高烧，还半躺在客厅里，和客人剧谈文学艺术问题。

金岳霖是个通人情、有学问的妙人，也是一个怪人。他是我的老师，大学一年级时，教"逻辑"，这是文法学院的共同必修课。教室很大，学生很多。他的眼睛有病，有一个时期戴的眼镜一边的镜片是黑的，一边是白的。头上整年戴一顶旧呢帽。每学期上第一课都要首先声明："对不起，我的眼睛有病，不能摘下帽子，不是对你们不礼貌。""逻辑"课有点近似数学，是有习题的。他常常当堂提问，叫学生回答。那指名的方式却颇为特别。"今天，所有穿红毛衣的女士回答。"他闭着眼睛用手一指，一个女士就站了起来。"今天，梳两条辫子的回答。"因为"逻辑"这玩意对乍从中学出来的女士和先生都很新鲜,学生也常提出问题来问他。有一个归侨学生叫林国达,最爱提问,他的问题往往很奇怪。金先生叫他问得没有办法,就反过来问他:"林国达,我问你一个问题:'林国达先生是垂直于黑板的',这是什么意思?"——林国达后来在一次游泳中淹死了。金先生教逻辑,看的小说却很多,从乔依思的《尤利西斯》到平江不肖生的《江湖奇侠传》,无所不看。沈先生有一次拉他来做了一次演讲。有一阵,沈先生曾给联大的一些写写小说、写写诗的学生组织过讲座,地点在巴金的夫人萧珊的住处,与座者只有十来个人。金先生讲的题目很吸引人,大概是沈先生出的:"小说和哲学"。他的结论却是:小说和哲学没有关系,《红楼梦》里所讲的哲学也不是哲学。那次演讲给我留下印象最深的是,讲着讲着,他忽然停了下来,说:"对不起,我身上好像有个小动物。"随即把手伸进脖领,擒住了这只小动物,并当场处死了。我们曾问过他,为什么研究哲学,——在我们看来,哲学很枯燥,尤其是符号哲学,金先生想了一想,说:"我觉得它很好玩。"他一个人生活。在昆明曾养过一只大斗鸡。这只斗鸡极其高大,经常把脖子伸到桌上来,和金先生一同吃饭。他又曾到处去买大苹果、大梨、大石榴,并鼓励别的教授的孩子也去买,拿来和他的比赛。谁的比他的大，他就照价收买，并把原来较小的一个奉送。他和沈先生的友谊是淡而持久的，直到金先生八十多岁了，还时常坐了平板三轮到沈先生的住处来谈谈。——因为毛主席告他要接触社会，他就和一个蹬平板三轮的约好，每天坐着平板车到王府井一带各处去转一圈。

和沈先生不多见面，但多年往还不绝的，还有一个张奚若先生、一个丁西林先生。张先生是个老同盟会员，曾拒绝参加蒋介石召开的参议会，人矮矮的，上唇留着短髭，风度如一个日本的大藏相，不知道为什么和沈先生很谈得来。丁西林曾说，要不是沈先生的鼓励，他这个写过《一只马蜂》的物理研究所所长，就不会再写出一个《等太太回来的时候》。

沈先生对于后进的帮助是不遗余力的。他曾自己出资给初露头角的青年诗人印过诗集。曹禺的《雷雨》发表后，是沈先生建议《大公报》给他发一笔奖金的。他的学生的作品，很多是经他的润饰后，写了热情揄扬的信，寄到他所熟识的报刊上发表的。单是他代付的邮资，就是一个不小的数目。前年他收到一封现在在解放军的知名作家的信，说起他当年丧父，无力葬埋，是沈先生为他写了好多字，开了一个书法展览，卖了钱给他，才能回乡办了丧事的。此事沈先生久已忘记，看了信想想，才记起仿佛有这样一回事。

沈先生待人，有一显著特点，是平等。这种平等，不是政治信念，也不是宗教教条，而是由于对人的尊重而产生的一种极其自然的生活的风格。他在昆明和北京都请过保姆。这两个保姆和沈家一家都相处得极好。昆明的一个，人胖胖的，沈先生常和她闲谈。沈先生曾把她的一生琐事写成了一篇亲切动人的小说。北京的一个，被称为王嫂。她离开多年，一直还和沈家来往。她去年在家和儿子怄了一点气，到沈家来住了几天，沈师母陪着她出出进进，像陪着一个老姐姐。

沈先生的家庭是我所见到的一个最和谐安静，最富于抒情气氛的家庭。这个家庭一切民主，完全没有封建意味，不存在任何家长制。沈先生、沈师母和儿子、儿媳、孙女是和睦而平等的。从他的儿子把板凳当马骑的时候，沈先生就不对他们的兴趣加以干涉，一切听便。他像欣赏一幅名画似的欣赏他的儿子、孙女，对他们的"耐烦"表示赞赏。"耐烦"是沈先生爱用的一个词藻。儿子小时候用一个小钉锤乒乒乓乓敲打一件木器，半天不歇手，沈先生就说："要算耐烦。"孙女做功课，半天不抬脑袋，他也说："要算耐烦。""耐烦"是在沈先生影响下形成的一种家风。他本人不论在创作或从事文物研究，就是由于"耐烦"才取得成绩的。有一阵，儿子、儿媳不在身边，孙女跟着奶奶过。这位祖母对孙女全不像是一个祖母，倒像是一个大姐姐带着最小的妹妹，对她的一切情绪都尊重。她读中学了，对政治问题有她自己的看法，祖母就提醒客人，不要在她的面前谈教她听起来不舒服的话。去年春节，孙女要搞猜谜活动，祖母就帮着选择、抄写，在屋里拉了几条线绳，把谜语一条一条粘挂在线绳上。有客人来，不论是谁，都得受孙女的约束：猜中一条，发糖一块。有一位爷爷，一条也没猜着，就只好喝清茶。沈先生对这种约法不但不呵斥，反而热情赞助，十分欣赏。他说他的孙女："最会管我，一到吃饭，就下命令：'洗手！'"这个家庭自然也会有痛苦悲哀，油盐柴米，风风雨雨，别别扭扭，然而这一切都无妨于它和谐安静抒情的气氛。

看了沈先生对周围的人的态度，你就明白为什么沈先生能写出《湘行散记》里那些栩栩如生的角色，为什么能在小说里塑造出那样多的人物，并且也就明白为什么沈先生不老，因为他的心不老。

去年沈先生编他的选集，我又一次比较集中地看了他的作品。有一个中年作家一再催促我写一点关于沈先生的小说的文章。谈作品总不可避免要谈思想，我曾去问过沈先生："你的思想到底是什么？属于什么体系？"我说："你是一个抒情的人道主义者。"

沈先生微笑着，没有否认。

一九八一年一月十四日

沈从文先生在西南联大

　　沈先生在联大开过三门课：各体文习作、创作实习和中国小说史。三门课我都选了，——各体文习作是中文系二年级必修课，其余两门是选修。西南联大的课程分必修与选修两种。中文系的语言学概论、文字学概论、文学史（分段）……是必修课，其余大都是任凭学生自选。诗经、楚辞、庄子、昭明文选、唐诗、宋诗、词选、散曲、杂剧与传奇……选什么，选哪位教授的课都成。但要凑够一定的学分（这叫"学分制"）。一学期我只选两门课，那不行。自由，也不能自由到这种地步。

　　创作能不能教？这是一个世界性的争论问题。很多人认为创作不能教。我们当时的系主任罗常培先生就说过：

＊初刊于《人民文学》一九八六年第五期，初收于《汪曾祺自选集》。

大学是不培养作家的，作家是社会培养的。这话有道理。沈先生自己就没有上过什么大学。他教的学生后来成为作家的，也极少。但是也不是绝对不能教。沈先生的学生现在能算是作家的，也还有那么几个。问题是由什么样的人来教，用什么方法教。现在的大学里很少开创作课的，原因是找不到合适的人来教。偶尔有大学开这门课的，收效甚微，原因是教得不甚得法。

教创作靠"讲"不成。如果在课堂上讲鲁迅先生所讥笑的"小说作法"之类，讲如何作人物肖像，如何描写环境，如何结构，结构有几种——攒珠式的、橘瓣式的……那是要误人子弟的。教创作主要是让学生自己"写"。沈先生把他的课叫做"习作"、"实习"，很能说明问题。如果要讲，那"讲"要在"写"之后。就学生的作业，讲他的得失。教授先讲一套，让学生照猫画虎，那是行不通的。

沈先生是不赞成命题作文的，学生想写什么就写什么。但有时在课堂上也出两个题目。沈先生出的题目都非常具体。我记得他曾给我的上一班同学出过一个题目："我们的小庭院有什么"，有几个同学就这个题目写了相当不错的散文，都发表了。他给比我低一班的同学曾出过一个题目："记一间屋子里的空气"！我的那一班出过些什么题目，我倒不记得了。沈先生为什么出这样的题目？他认为：先得学会车零件，然后才能学组装。我觉得先作一些这样的片段的习作，是有好处的，这可以锻炼基本功。现在有些青年文学爱好者，往往一上来就写大作品，篇幅很长，而功力不够，原因就在零件车得少了。

沈先生的讲课，可以说是毫无系统。前已说过，他大都是看了学生的作业，就这些作业讲一些问题。他是经过一番思考的，但并不去翻阅很多参考书。沈先生读很多书，但从不引经据典，他总是凭自己的直觉说话，从来不说阿里斯多德怎么说、福楼拜怎么说、托尔斯泰怎么说、高尔基怎么说。他的湘西口音很重，声音又低，有些学生听了一堂课，往往觉得不知道听了一些什么。沈先生的讲课是非常谦抑，非常自制的。他不用手势，没有任何舞台道白式的腔调，没有一点哗众取宠的江湖气。他讲得很诚恳，甚至很天真。但是你要是真正听"懂"了他的话，——听"懂"了他的话里并未发挥罄尽的余意，你是会受益匪浅，而且会终生受用的。听沈先生的课，要像孔子的学生听孔子讲话一样："举一隅而三隅反。"

沈先生讲课时所说的话我几乎全都忘了（我这人从来不记笔记）！我们有一个同学把闻一多先生讲唐诗课的笔记记得极详细，现已整理出版，书名就叫《闻一多论唐诗》，很有学术价值，就是不知道他把闻先生讲唐诗时的

"神气"记下来了没有。我如果把沈先生讲课时的精辟见解记下来,也可以成为一本《沈从文论创作》。可惜我不是这样的有心人。

沈先生关于我的习作讲过的话我只记得一点了,是关于人物对话的。我写了一篇小说(内容早已忘记干净),有许多对话。我竭力把对话写得美一点,有诗意,有哲理。沈先生说:"你这不是对话,是两个聪明脑壳打架!"从此我知道对话就是人物所说的普普通通的话,要尽量写得朴素。不要哲理,不要诗意。这样才真实。

沈先生经常说的一句话是:"要贴到人物来写。"很多同学不懂他的这句话是什么意思。我以为这是小说学的精髓。据我的理解,沈先生这句极其简略的话包含这样几层意思:小说里,人物是主要的,主导的;其余部分都是派生的,次要的。环境描写,作者的主观抒情、议论,都只能附着于人物,不能和人物游离,作者要和人物同呼吸、共哀乐。作者的心要随时紧贴着人物。什么时候作者的心"贴"不住人物,笔下就会浮、泛、飘、滑,花里胡哨,故弄玄虚,失去了诚意。而且,作者的叙述语言要和人物相协调。写农民,叙述语言要接近农民;写市民,叙述语言要近似市民。小说要避免"学生腔"。

我以为沈先生这些话是浸透了淳朴的现实主义精

神的。

　　沈先生教写作,写的比说的多,他常常在学生的作业后面写很长的读后感,有时会比原作还长。这些读后感有时评析本文得失,也有时从这篇习作说开去,谈及有关创作的问题,见解精到,文笔讲究。——一个作家应该不论写什么都写得讲究。这些读后感也都没有保存下来,否则是会比《废邮存底》还有看头的。可惜!

　　沈先生教创作还有一种方法,我以为是行之有效的,学生写了一个作品,他除了写很长的读后感之外,还会介绍你看一些与你这个作品写法相近似的中外名家的作品看。记得我写过一篇不成熟的小说《灯下》,记一个店铺里上灯以后各色人的活动,无主要人物、主要情节,散散漫漫。沈先生就介绍我看了几篇这样的作品,包括他自己写的《腐烂》。学生看看别人是怎样写的,自己是怎样写的,对比借鉴,是会有长进的。这些书都是沈先生找来,带给学生的。因此他每次上课,走进教室里时总要夹着一大摞书。

　　沈先生就是这样教创作的。我不知道还有没有别的更好的方法教创作。我希望现在的大学里教创作的老师能用沈先生的方法试一试。

　　学生习作写得较好的,沈先生就作主寄到相熟的报刊上发表。这对学生是很大的鼓励。多年以来,沈先生就干着给别人的作品找地方发表这种事。经他的手介绍出去的稿子,可以说是不计其数了。我在一九四六年前写的作品,几乎全都是沈先生寄出去的。他这辈子为别人寄稿子用去的邮费也是一个相当可观的数目了。为了防止超重太多,节省邮费,他大都把原稿的纸边裁去,只剩下纸芯。这当然不大好看。但是抗战时期,百物昂贵,不能不打这点小算盘。

沈先生教书,但愿学生省点事,不怕自己麻烦。他讲"中国小说史",有些资料不易找到,他就自己抄,用夺金标毛笔,筷子头大的小行书抄在云南竹纸上。这种竹纸高一尺,长四尺,并不裁断,抄得了,卷成一卷。上课时分发给学生。他上创作课夹了一摞书,上小说史时就夹了好些纸卷。沈先生做事,都是这样,一切自己动手,细心耐烦。他自己说他这种方式是"手工业方式"。他写了那么多作品,后来又写了很多大部头关于文物的著作,都是用这种手工业方式搞出来的。

沈先生对学生的影响,课外比课堂上要大得多。他后来为了躲避日本飞机空袭,全家移住到呈贡桃源新村,每星期上课,进城住两天。文林街二十号联大教职员宿舍有他一间屋子。他一进城,宿舍里几乎从早到晚都有客人。

客人多半是同事和学生,客人来,大都是来借书,求字,看沈先生收到的宝贝,谈天。

沈先生有很多书,但他不是"藏书家",他的书,除了自己看,是借给人看的,联大文学院的同学,多数手里都有一两本沈先生的书,扉页上用淡墨签了"上官碧"的名字。谁借了什么书,什么时候借的,沈先生是从来不记得的。直到联大"复员",有些同学的行装里还带着沈先生的书,这些书也就随之而漂流到四面八方了。沈先生书多,而且很杂,除了一般的四部书、中国现代文学、外国文学的译本,社会学、人类学、黑格尔的《小逻辑》、弗洛伊德、亨利·詹姆斯、道教史、陶瓷史、《髹饰录》、《糖霜谱》……兼收并蓄,五花八门。这些书,沈先生大都认真读过。沈先生称自己的学问为"杂知识"。一个作家读书,是应该杂一点的。沈先生读过的书,往往在书后写两行题记。有的是记一个日期,那天天气如何,也有时发一点感慨。有一本书的后面写道:"某月某日,见一大胖女人从桥上过,心中十分难过。"这两句话我一直记得,可是一直不知道是什么意思。大胖女人为什么使沈先生十分难过呢?

沈先生对打扑克简直是痛恨。他认为这样地消耗时间,是不可原谅的。他曾随几位作家到井冈山住了几天。

这几位作家成天在宾馆里打扑克，沈先生说起来就很气愤："在这种地方，打扑克！"沈先生小小年纪就学会掷骰子，各种赌术他也都明白，但他后来不玩这些。沈先生的娱乐，除了看看电影，就是写字。他写章草，笔稍偃侧，起笔不用隶法，收笔稍尖，自成一格。他喜欢写窄长的直幅，纸长四尺，阔只三寸。他写字不择纸笔，常用糊窗的高丽纸。他说："我的字值三分钱！"从前要求他写字的，他几乎有求必应。近年有病，不能握管，沈先生的字变得很珍贵了。

　　沈先生后来不写小说，搞文物研究了，国外、国内，很多人都觉得很奇怪。熟悉沈先生的历史的人，觉得并不奇怪。沈先生年轻时就对文物有极其浓厚的兴趣。他对陶瓷的研究甚深，后来又对丝绸、刺绣、木雕、漆器……都有广博的知识。沈先生研究的文物基本上是手工艺制品。他从这些工艺品看到的是劳动者的创造性。他为这些优美的造型、不可思议的色彩、神奇精巧的技艺发出的惊叹，是对人的惊叹。他热爱的不是物，而是人，他对一件工艺品的孩子气的天真激情，使人感动。我曾戏称他搞的文物研究是"抒情考古学"。他八十岁生日，我曾写过一首诗送给他，中有一联："玩物从来非丧志，著书老去为抒情"，是记实。他有一阵在昆明收集了很多耿马漆盒。这种黑红两色刮花的圆形缅漆盒，昆明多的是，而且很便宜。沈先生一进城就到处逛地摊，选买这种漆盒。他屋里装甜食点心、装文具邮票……的，都是这种盒子。有一次买得一个直径一尺五寸的大漆盒，一再抚摩，说："这可以作一期《红黑》杂志的封面！"他买到的缅漆盒，除了自用，大多数都送人了。有一回，他不知从哪里弄到很多土家族的挑花布，摆得一屋子，这间宿舍成了一个展览室。来看的人很多，沈先生于是很快乐。这些挑花图案天真稚气而秀雅生动，确实很美。

　　沈先生不长于讲课，而善于谈天。谈天的范围很广，时局、物价……谈得较多的是风景和人物。他几次谈及玉龙雪山的杜鹃花有多大，某处高山绝顶上有一户人家，——就是这样一户！他谈某一位老先生养了二十只猫。谈一位研究东方哲学的先生跑警报时带了一只小皮箱，皮箱里没有金银财宝，装的是一个聪明女人写给他的信。谈徐志摩上课时带了一个很大的烟台苹果，一边吃，一边讲，还说："中国东西并不都比外国的差，烟台苹果就很好！"谈梁思成在一座塔上测绘内部结构，差一点从塔上掉下去。谈林徽因发着高烧，还躺在客厅里和客人谈文艺。他谈得最多的大概是金岳霖。金先生终生未娶，长期独身。他养了一只大斗鸡。这鸡能把脖子伸到桌上来，和金先生一起吃饭。他到处搜罗大石榴、大梨。买到大的，就拿去和同事的孩子的比，比输了，就把大梨、大石榴送给小朋友，他再去买！……沈先生谈及的这些人有共同特点。一是都对工作、对学问热爱到了痴迷的程度；二是为人天真到像一个孩子，对生活充满兴趣，不管在什么环境下永远不消沉沮丧，无机心、少俗虑。这些人的气质也正是沈先生的气质。"闻多素心人，乐与数晨夕"，沈先生谈及熟朋友时总是很有感情的。

文林街文林堂旁边有一条小巷，大概叫作金鸡巷，巷里的小院中有一座小楼。楼上住着联大的同学：王树藏、陈蕴珍（萧珊）、施载宣（萧荻）、刘北汜。当中有个小客厅。这小客厅常有熟同学来喝茶聊天，成了一个小小的沙龙。沈先生常来坐坐。有时还把他的朋友也拉来和大家谈谈。老舍先生从重庆过昆明时，沈先生曾拉他来谈过"小说和戏剧"。金岳霖先生也来过，谈的题目是"小说和哲学"。金先生是搞哲学的，主要是搞逻辑的，但是读很多小说，从普鲁斯特到《江湖奇侠传》。"小说和哲学"这题目是沈先生给他出的。不料金先生讲了半天，结论却是：小说和哲学没有关系。他说《红楼梦》里的哲学也不是哲学。他谈到兴浓处，忽然停下来，说："对不起，我这里有个小动物！"说着把右手从后脖领伸进去，捉出了一只跳蚤,甚为得意。有人[1]问金先生为什么搞逻辑,金先生说:"我觉得它很好玩!"

沈先生在生活上极不讲究。他进城没有正经吃过饭,大都是在文林街二十号对面一家小米线铺吃一碗米线。有时加一个西红柿,打一个鸡蛋。有一次我和他上街闲逛,到玉溪街,他在一个米线摊上要了一盘凉鸡,还到附近茶馆里借了一个盖碗,打了一碗酒。他用盖碗盖子喝了一点,其余的都叫我一个人喝了。

沈先生在西南联大是一九三八年到一九四六年。一晃,四十多年了!

一九八六年一月二日上午

---

[1] 初刊本为"我们",初版本为"有人"。从初版本。——编者注

淡泊的消逝
——悼吾师沈从文先生

开了一上午会,回家,妻子告诉我:"沈公去世了。"她说小龙(沈先生的大儿子)打电话来,说"爸爸昨天晚上去世了"。下午,我打电话到沈家,接电话的是三姐(沈师母,我们习惯上叫她三姐),她说:"昨天晚上八点钟心痛,——以前没有这样的症状,痛得很厉害,抢救了,没有用。"我问:"沈先生八十几了?"——"八十六。"我很遗憾,去年年底从美国回来后一直想去看沈先生,因为事忙,没有去成。妻子打电话给三姐,三姐说:"我们知道,曾祺忙。"我们和三姐都认为有的是时候,——沈先生这几年的病情是平稳的,而且渐有好转,没有想到突然恶化。三

---

* 初刊于一九八八年五月十四日《中国时报》,初收于人民文学版《汪曾祺全集》第五卷。

姐也说:"没有想到。"我问三姐:"你还好吗?"——"我挺好。"从电话里听起来,三姐的情绪很镇定,很平静,我说:"我新出了一本书《晚翠文谈》本想送给沈先生和你看看的",三姐说:"那就寄给我吧。"晚上,我又打了一个电话去,接电话的是小红(沈先生二儿子小虎的女儿),我问了沈先生临终的情况,小红说了一点,说:"我叫大伯(小龙)给您谈吧。"小龙接了电话,比较详细地说了沈先生的病情。小红、小龙的语调也很镇定,很平静。

晚上我有客人,不能到沈家去,明天我就要动身到浙江桐庐去,机票已经定好,想写一副挽联送去,妻子说:"不用了,沈先生有遗言,一切从简,不开追悼会……"我知道,沈先生一生最反对对个人的纪念活动。他八十岁那年,曾有少数作家想举办一个小小的庆典,他坚决拒绝,生日那天,到一个亲戚家"避寿",只吃了一顿面条算数。沈先生一生不慕荣利,他的全家都非常淡泊,他的丧事多半是会无声无息地了结的。

沈先生不要什么"哀荣",也不会有多么盛大的"哀荣"。但是他一生的工作会永远流传下去,他的作品在海内外已经产生越来越卓著,越来越深刻的影响。我们能够无视于这样的事实?"盖棺事则已",什么时候能够给沈从文一个公正的评价,在中国现代文学史上给他一个正确的位置!

      一九八八年五月十一日

一个爱国的作家

近十年来，沈从文忽然受到重视，他的作品正在产生越来越广泛、越来越深刻的影响，特别是在青年读者当中。这是一个不得不承认的事实。但是在这以前，在一个相当长的时期，沈先生是一个受冷遇、被误解，甚至遭到[1]歧视的作家。现代文学史里不提他，或者把他批判一通。沈先生已经去世，现在是时候了，应该对他的作品作出公正的评价，在中国现代文学史里给他一个正确的位置。

对沈先生的误解之一，是说他"不革命"。这就奇怪

---

* 初刊于一九八八年五月二十日《人民日报》（海外版），有副题"怀念沈从文老师"，文后标注"一九八八年五月十五日于浙江桐庐"；初收于《蒲桥集》。

1　初刊本为"遭到"，初版本为"遇到"。从初刊本。——编者注

了。难道这些评论家、文学史家没有读过《菜园》,没有读过《新与旧》么?沈先生所写的共产党员是有文化素养的,有书卷气的,也许这不太"典型",但这也是共产党员的一种,共产党员的一面,这不好么?从这两篇小说,可以感觉到沈先生对于那个时期的共产党员知识分子有多么深挚的感情,对于统治者的残酷和愚蠢怀了多大的义愤。这两篇作品是在国民党"清党"以后,白色恐怖覆压着全中国的时候写的。这样的作品当时并不多,可以说是两声沉痛的呐喊。发表这样的作品难道不要冒一点风险么?

对沈先生的误解之二,是说他没有表现劳动人民。请问:《牛》写的是什么?《会明》写的是什么?《贵生》最后放的那把火说明了什么?《丈夫》里的丈夫为了生计,让妻子从事一种"古老的职业",终于带着妻子回到贫苦的土地,这不是写的农民对"人"的尊严的觉醒么?沈先生说他对农民和士兵怀着不可言说的温爱,这绝对不是假话。把这些作品和《绅士的太太》、《王谢子弟》对照着看看,便可知道沈先生对劳动者和吸血寄生者阶级的感情是多么不同。

误解之三,是说他美化了旧社会的农村,冲淡了尖锐的阶级矛盾。这主要指的是《边城》。旧社会的中国农村诚然是悲惨的，超经济的剥削，灭绝人性的压迫，这样的作品当然应有人写，而且这是应该表现的主要方面，但不一定每篇作品都只能是这样，而且各地情况不同。沈先生美化的不是悲惨的农村，美化的是人，是明慧天真的翠翠，是既是业主也是水手的大老、二老，是老爷爷、杨马兵。美化这些人有什么不好？沈先生写农村的小说，大都是一些抒情诗，但它[1]不是使人忘记现实的田园牧歌。他自己说过：你们能欣赏我文字的朴素，但是不知道朴素文字后面隐伏的悲痛。他的《长河》写得很优美，但是他是怕读者对残酷的现实受不了，才故意做出牧歌的谐趣。他的小说的悲痛感情是含蓄的，潜在的，但是散文如《湘西》、《湘行散记》，就是明明白白的大声的控诉了。

  沈先生小说的一个贯串性的主题是民族品德的发现与重造。他把这个思想特别体现在一系列农村少女的形象里。他笔下的农村女孩子总是那样健康，那样纯真，那样聪明，那样美。他以为这是我们民族的希望。他的民族品德重造思想也许有点迂。但是，我们要建造精神文明，总得有个来源。如果抛弃传统的美德，从哪里去寻找精神文明的根系和土壤？沈先生的作品有一种内在的忧伤，但是他并不悲观，他认为我们这个民族是有希望的，有前途

---

  1 初刊本为"它"，初版本为"他"。从初刊本。——编者注

的，他的作品里没有荒谬感和失落感。他对我们这个国家，我们这个民族，对中国人，是充满感情的。假如用一句话对沈先生加以概括，我以为他是一个极其真诚的爱国主义作家。

沈先生五十年代以后不写文学作品，改业研究文物，对服饰、陶瓷、丝绸、刺绣……都有广博的知识。他对这些文物的兴趣仍是对人的兴趣。他对这些手工艺品的赞美是对制造这些精美器物的劳动者的赞美。他在表述这些文物的文章中充满了民族自豪感。这和他的文学作品中的爱国主义是完全一致的。

一九八八年五月十五日

星斗其文,赤子其人

沈先生逝世后,傅汉斯、张充和从美国电传来一幅挽辞。字是晋人小楷,一看就知道是张充和写的。词想必也是她拟的。只有四句:

不折不从　亦慈亦让

星斗其文　赤子其人

这是嵌字格,但是非常贴切,把沈先生的一生概括得很全面。这位四妹对三姐夫沈二哥真是非常了解。——荒芜同志编了一本《我所认识的沈从文》,写得最好的一篇,我以为也应该是张充和写的《三姐夫沈二哥》。

沈先生的血管里有少数民族的血液。他在填履历表

＊初刊于《人民文学》一九八八年第七期,有副题"怀念沈从文老师";初收于《蒲桥集》。

时,"民族"一栏里填土家族或苗族都可以,可以由他自由选择。湘西有少数民族血统的人大都有一股蛮劲,狠劲,做什么都要做出一个名堂。黄永玉就是这样的人。沈先生瘦瘦小小(晚年发胖了),但是有用不完的精力。他小时是个顽童,爱游泳(他叫"游水")。进城后好像就不游了。三姐(师母张兆和)很想看他游一次泳,但是没有看到。我当然更没有看到过。他少年当兵,漂泊转徙,很少连续几晚睡在同一张床上。吃的东西,最好的不过是切成四方的大块猪肉(煮在豆芽菜汤里)。行军、拉船,锻炼出一副极富耐力的体魄。二十岁冒冒失失地闯到北平来,举目无亲。连标点符号都不会用,就想用手中一枝笔打出一个天下。经常为弄不到一点东西"消化消化"而发愁。冬天屋里生不起火,用被子围起来,还是不停地写。我一九四六年到上海,因为找不到职业,情绪很坏,他写信把我大骂了一顿,说:"为了一时的困难,就这样哭哭啼啼的,甚至想到要自杀,真是没出息!你手中有一枝笔,怕什么!"他在信里说了一些他刚到北京时的情形。——同时又叫三姐从苏州写了一封很长的信安慰我。他真的用一枝笔打出了一个天下了。一个只读过小学的人,竟成了一个大作家,而且积累了那么多的学问,真是一个奇迹。

沈先生很爱用一个别人不常用的词:"耐烦"。他说自己不是天才（他应当算是个天才），只是耐烦。他对别人的称赞，也常说"要算耐烦"。看见儿子小虎搞机床设计时，说"要算耐烦"。看见孙女小红做作业时，也说"要算耐烦"。他的"耐烦"，意思就是锲而不舍，不怕费劲。一个时期，沈先生每个月都要发表几篇小说，每年都要出几本书，被称为"多产作家"，但他[1]写东西不是很快的，从来不是一挥而就。他年轻时常常日以继夜地写。他常流鼻血。血液凝聚力差，一流起来不易止住，很怕人。有时夜间写作，竟致晕倒，伏在自己的一摊鼻血里，第二天才被人发现。我就亲眼看到过他的带有鼻血痕迹的手稿。他后来还常流鼻血，不过不那么厉害了。他自己知道，并不惊慌。很奇怪，他连续感冒几天，一流鼻血，感冒就好了。[2]他的作品看起来很轻松自如，若不经意，但都是苦心刻琢出来的。《边城》一共不到七万字，他告诉我，写了半年。他这篇小说是《国闻周报》上连载的，每期一章。小说共二十一章，$21 \times 7 = 147$，我算了算，差不多正是半年。这篇东西是他新婚之后写的，那时他住在达子营。巴

---

1 初刊本为"但他"，初版本改为"但是"。从初刊本。——编者注
2 "很奇怪……就好了。"为初版本所加，初刊本无此内容。——编者注

金住在他那里。他们每天写，巴老在屋里写，沈先生搬个小桌子，在院子里树荫下写。巴老写了一个长篇，沈先生写了《边城》。他称他的小说为"习作"，并不完全是谦虚。有些小说是为了教创作课给学生示范而写的，因此试验了各种方法。为了教学生写对话，有的小说通篇都用对话组成，如《若墨医生》；有的，一句对话也没有。《月下小景》确是为了履行许给张家小五的诺言"写故事给你看"而写的。同时，当然是为了试验一下"讲故事"的方法（这一组"故事"明显地看得出受了《十日谈》和《一千零一夜》的影响）。同时，也为了试验一下把六朝译经和口语结合的文体。这种试验，后来形成一种他自己说是"文白夹杂"的独特的沈从文体，在四十年代的文字（如《烛虚》）中尤为成熟。他的亲戚，语言学家周有光曾说"你的语言是古英语"，甚至是拉丁文。沈先生讲创作，不大爱说"结构"，他说是"组织"。我也比较喜欢"组织"这个词。"结构"过于理智，"组织"更带感情，较多作者的主观。他曾把一篇小说一条一条地裁开，用不同方法组织，看看哪一种形式更为合适。沈先生爱改自己的文章。他的原稿，一改再改，天头地脚页边，都是修改的字迹，蜘蛛网似的，这里牵出一条，那里牵出一条。作品发表了，改。成书了，改。看到自己的文章，总要改。有时改了多次，反而不如原来的，以至三姐后来不许他改了（三姐是沈先生文集的一个极其细心，极其认真的义务责任编辑）。沈先生的作品写得最快，最顺畅，改得最少的，只有一本《从文自传》。这本自传没有经过冥思苦想，只用了三个星期，一气呵成。[1]

他不大用稿纸写作。在昆明写东西，是用毛笔写在当地出产的竹纸上的，自己折出印子。他也用钢笔，蘸水钢笔。他抓钢笔的手势有点像抓毛笔（这一点可以证明他不是洋学堂出身）。《长河》就是用钢笔写的，写在一个硬面的练习簿上，直行，两面写。他的原稿的字很清楚，不潦草，但写的是行书。不熟悉他的字体的排字工人是会感到困难的。他晚年写信写文章爱用秃笔淡墨。用秃笔写那样小的字，不但清楚，而且顿挫有致，真是一个功夫。

他很爱他的家乡。他的《湘西》、《湘行散记》和许多篇小说可以作证。他不止一次和我谈起棉花坡，谈起枫树坳，——一到秋天满城落了枫树的红叶。一说起来，不胜神往。黄永玉画过一张凤凰沈家门外的小巷，屋顶墙壁颇零乱，有大朵大朵的红花——不知是不是夹竹桃，画面颜色很浓，水气泱泱。沈先生很喜欢这张画，说："就是这样！"八十岁那年，和三姐一同回了一次凤凰，领着她

---

[1] 初刊本此段与下一段接排。从初版本。——编者注

看了他小说中所写的各处，都还没有大变样。家乡人闻知沈从文回来了，简直不知怎样招待才好。他说："他们为我捉了一只锦鸡！"锦鸡毛羽很好看，他很爱那只锦鸡，还抱着它照了一张相，后来知道竟作了他的盘中餐，对三姐说："真煞风景！"锦鸡肉并不怎么好吃。沈先生说及时大笑，但也表现出对乡人的殷勤十分感激。[1]他在家乡听了傩戏，这是一种古调犹存的很老的弋阳腔。打鼓的是一位七十多岁的老人，他对年轻人打鼓失去旧范很不以为然。沈先生听了，说："这是楚声，楚声！"他动情地听着"楚声"，泪流满面。

沈先生八十岁生日，我曾写了一首诗送他，开头两句是：

犹及回乡听楚声，

此身虽在总堪惊。

端木蕻良看到这首诗，认为"犹及"二字很好。我写下来的时候就有点觉得这不大吉利，没想到沈先生再也不能回家乡听一次了！他的家乡每年有人来看他，沈先生非常亲切地和他们谈话，一坐半天。每有[2]同乡人来了，原来在

---

[1] "锦鸡肉……十分感激。"为初版本所加，初刊本无此内容。——编者注

[2] 初刊本为"每有"，初版本改为"每当"。从初刊本。——编者注

座的朋友或学生就只有退避在一边,听他们谈话。沈先生很好客,朋友很多。老一辈的有林宰平、徐志摩。沈先生提及他们时充满感情。没有他们的提挈,沈先生也许就会当了警察,或者在马路旁边"瘪了"。我认识他后,他经常来往的有杨振声、张奚若、金岳霖、朱光潜诸先生,梁思成林徽因夫妇。他们的交往真是君子之交,既无朋党色彩,也无酒食征逐。清茶一杯,闲谈片刻。杨先生有一次托沈先生带信,让我到南锣鼓巷他的住处去,我以为有什么事。去了,只是他亲自给我煮一杯咖啡,让我看一本他收藏的姚茫父的册页。这册页的芯子只有火柴盒那样大,横的,是山水,用极富金石味的墨线勾轮廓,设极重的青绿,真是妙品。杨先生对待我这个初露头角的学生如此,则其接待沈先生的情形可知。杨先生和沈先生夫妇曾在颐和园住过一个时期,想来也不过是清晨或黄昏到后山谐趣园一带走走,看看湖里的金丝莲,或写出一张得意的字来,互相欣赏欣赏,其余时间各自在屋里读书做事,如此而已。沈先生对青年的帮助真是不遗余力。他曾经自己出钱为一个诗人出了第一本诗集。一九四七年,诗人柯原的父亲故去,家中拉了一笔债,沈先生提出卖字来帮助他。《益世报》登出了沈从文卖字的启事,买字的可定出规格,而将价款直接寄给诗人。柯原一九八〇年去看沈先生,沈先生才记起有这回事。他对学生的作品细心修改,寄给相熟的报刊,尽量争取发表。他这辈子为学生寄稿的邮费,加起来是一个相当可观的数字。抗战时期,通货膨胀,邮费也不断涨,往往寄一封信,信封正面反面都得贴满邮票。为了省一点邮费,沈先生总是把稿纸的天头地脚[1]页边都裁去,只留一个稿芯,这样分量轻一点。稿子发表了,稿费寄来,他必为亲自送去。李霖灿在丽江画玉龙雪山,他的画都是寄到昆明,由沈先生代为出手的。[2]我在昆明写的稿子,几乎无一篇不是他寄出去的。一九四六年,郑振铎、李健吾先生在上海创办《文艺复兴》,沈先生把我的《小学校的钟声》和《复仇》寄去。这两篇稿子写出已经有几年,当时无地方可发表。稿子是用毛笔楷书写在学生作文的绿格本上的,郑先生收到,发现稿纸上已经叫蠹虫蛀了好些洞,使他大为激动。沈先生对我这个学生是很喜欢的。为了躲避日本飞机空袭,他们全家有一阵住在呈贡新街,后迁跑马山桃源新村。沈先生有课时进城住两三天。他进城时,我都去看他。交稿子,看他收藏的宝贝,借书。沈先生的书是为了自己看,也为了借给别人看

---

1 初刊本为"天头地头",初版本为"天头地脚"。从初版本。——编者注

2 "稿子发表了……代为出手的。"为初版本所加,初刊本无此内容。——编者注

星斗其文,赤子其人

的。"借书一痴，还书一痴"，借书的痴子不少，还书的痴子可不多。有些书借出去一去无踪。有一次，晚上，我喝得烂醉，坐在路边，沈先生到一处演讲回来，以为是一个难民，生了病，走近看看，是我！他和两个同学把我扶到他住处，灌了好些酽茶，我才醒过来。有一回我去看他，牙疼，腮帮子肿得老高。沈先生开了门，一看，一句话没说，出去买了几个大橘子抱着回来了。沈先生的家庭是我见到的最好的家庭，随时都在亲切和谐气氛中。两个儿子，小龙小虎，兄弟怡怡。他们都很高尚清白，无丝毫庸俗习气，无一句粗鄙言语，——他们都很幽默，但幽默得很温雅。一家人于钱上都看得很淡。《沈从文文集》的稿费寄到，九千多元，大概开过家庭会议，又从存款中取出几百元，凑成一万，寄到家乡办学。沈先生也有生气的时候，也有极度烦恼痛苦的时候，在昆明，在北京，我都见到过，但多数时候都是笑眯眯的。他总是用一种善意的、含情的微笑，来看这个世界的一切。到了晚年，喜欢放声大笑，笑得合不拢嘴，且摆动双手作势，真像一个孩子。只有看破一切人事乘除，得失荣辱，全置度外，心地明净无渣滓的人，才能这样畅快地大笑。

　　沈先生五十年代后放下写小说散文的笔（偶然还写一点，笔下仍极活泼，如写纪念陈翔鹤文章，实写得极好），改业钻研文物，而且钻出了很大的名堂，不少中国人、外国人都很奇怪。实不奇怪。沈先生很早就对历史文物有很大兴趣。他写的关于展子虔游春图的文章，我以为是一篇重要文章，从人物服装颜色式样考订图画的年代和真伪，是别的鉴赏家所未注意的方法。他关于书法的文章，特别是对宋四家的看法，很有见地。在昆明，我陪他去遛街，总要看看市招，到裱画店看看字画。昆明市政府对面有一堵大照壁，写满了一壁字（内容已不记得，大概不外是总理遗训），字有七八寸见方大，用二爨掺一点北魏造像题记笔意，白墙蓝字，是一位无名书家写的，写得实在好。我们每次经过，都要去看看。昆明有一位书法家叫吴忠荩，字写得极多，很多人家都有他的字，家家裱画店都有他的刚刚裱好的字。字写得很熟练，行书，只是用笔枯扁，结体少变化。沈先生还去看过他，说"这位老先生写了一辈子字！"意思颇为他水平受到限制而惋惜。[1]昆明碰碰撞撞都可见到黑漆金字抱柱楹联上钱南园的四方大颜字，也还值得一看。沈先生到北京后即喜欢搜集瓷器。有一个时期，他家用的餐具都是很名贵的旧瓷器，只是不配套，因为是一件一件买回来的。他一度专门搜集青花瓷。

---

1 "昆明有一位……而惋惜。"为初版本所加，初刊本无此内容。——编者注

买到手，过一阵就送人。西南联大好几位助教、研究生结婚时都收到沈先生送的雍正青花的茶杯或酒杯。沈先生对陶瓷赏鉴极精，一眼就知是什么朝代的。一个朋友送我一个梨皮色釉的粗瓷盒子，我拿去给他看，他说："元朝东西，民间窑！"有一阵搜集旧纸，大都是乾隆以前的。多是染过色的，瓷青的、豆绿的、水红的，触手细腻到像煮熟的鸡蛋白外的薄皮，真是美极了。至于茧纸、高丽发笺，那是凡品了。（他搜集旧纸，但自己舍不得用来写字。晚年写字用糊窗户的高丽纸，他说："我的字值三分钱。"）

在昆明，搜集了一阵耿马漆盒。这种漆盒昆明的地摊上很容易买到，且不贵。沈先生搜集器物的原则是"人弃我取"。其实这种竹胎的，涂红黑两色漆，刮出极繁复而奇异的花纹的圆盒是很美的。装点心，装花生米，装邮票杂物均合适，放在桌上也是个摆设。这种漆盒也都陆续送人了。客人来，坐一阵，临走时大都能带走一个漆盒。有一阵研究中国丝绸，弄到许多大藏经的封面，各种颜色都有：宝蓝的、茶褐的、肉色的，花纹也是各式各样。沈先生后来写了一本《中国丝绸图案》。有一阵研究刺绣。除了衣服、裙子，弄了好多扇套、眼镜盒、香袋。不知他是从哪里"寻摸"来的。这些绣品的针法真是多种多样。我只记得有一种绣法叫"打子"，是用一个一个丝线疙瘩缀出来的。他给我看一种绣品,叫"七色晕",用七种颜色的绒绣成一个团花,看了真叫人发晕。他搜集、研究这些东西,不是为了消遣,是从中发现,证实中国历史文化的优越这个角度出发的,研究时充满感情。我在他八十岁生日写给他的诗里有一联:

> 玩物从来非丧志,
>
> 著书老去为抒情。

这全是记实。沈先生提及某种文物时常是赞叹不已。马王堆那副不到一两重的纱衣,他不知说了多少次。刺绣用的金线原来是盲人用一把刀,全凭手感,就金箔上切割出来的。他说起时非常感动。有一个木俑(大概是楚俑)一尺多高,衣服非常特别:上衣的一半(连同袖子)是黑色,一半是红的;下裳正好相反,一半是红的,一半是黑的。沈先生说:"这真是现代派!"如果照这样式(一点不用修改)做一件时装,拿到巴黎去,由一个长身细腰的模特儿穿起来,到表演台上转那么一转,准能把全巴黎都"镇"了!他平生搜集的文物,在他生前全都分别捐给了几个博物馆、工艺美术院校和工艺美术工厂,连收条都不要一个。

沈先生自奉甚薄。穿衣服从不讲究。他在《湘行散记》里说他穿了一件细毛料的长衫,这件长衫我可没见过。我见他时总是一件洗得褪了色的蓝布长衫,夹着一摞书,匆匆忙忙地走。解放后是蓝卡其布或涤卡的干部服,黑灯芯绒的"懒汉鞋"。有一年做了一件皮大衣(我记得是从房东手里买的一件旧皮袍改制的,灰色粗线呢面),他穿在身上,说是很暖和,高兴得像一个孩子。吃得很清淡。我没见他下过一次馆子。在昆明,我到文林街二十号他的宿舍去看他,到吃饭时总是到对面米线铺吃一碗一角三分钱的米线。有时加一个西红柿,打一个鸡蛋,超不过两角五分。三姐是会做菜的,会做八宝糯米鸭,炖在一个大砂锅里,但不常做。他们住在中老胡同时,有时张充和骑自行车到前门月盛斋买一包烧羊肉回来,就算加了菜了。在小羊宜宾胡同时,常吃的不外是炒四川的菜头,炒茨菇。沈先生爱吃茨菇,说"这个好,比土豆'格'高"。他在《自传》中说他很会炖狗肉,我在昆明,在北京都没见他炖过一次。有一次他到他的助手王亚蓉家去,先来看看我(王亚蓉住在我们家马路对面,——他七十多了,血压高到二百多,还常为了一点研究资料上的小事到处跑),我让他过一会来吃饭。他带来一卷画,是古代马戏图的摹本,实在是很精彩。他非常得意地问我的女儿:"精彩吧?"那天我给他做了一只烧羊腿,一条鱼。他回家一再向三姐称道:"真好吃。"他经常吃的荤菜是:猪头肉。

他的丧事十分简单。他凡事不喜张扬,最反对搞个人的纪念活动。反对"办生做寿"。他生前累次嘱咐家人,他死后,不开追悼会,不举行遗体告别。但火化之前,总要有一点仪式。新华社消息的标题是沈从文告别亲友和读者,是合适的。只通知少数亲友。——有一些景仰他的人是未接通知自己去的。不收花圈,只有约二十多个布满鲜花的花篮,很大的白色的百合花、康乃馨、菊花、菖兰。参加仪式的人也不戴纸制的白花,但每人发给一枝半开的月季,行礼后放在遗体边。不放哀乐,放沈先生生前喜爱的音乐,如贝多芬的"悲怆"奏鸣曲等。沈先生面色如生,很安详地躺着。我走近他身边,看着他,久久不能离开。这样一个人,就这样地去了。我看他一眼,又看一眼,我哭了。

沈先生家有一盆虎耳草,种在一个椭圆形的小小钧窑盆里。很多人不认识这种草。这就是《边城》里翠翠在梦里采摘的那种草,沈先生喜欢的草。

一九八八年五月二十六日

沈从文转业之谜

沈先生忽然改了行。他的一生分成了两截。一九四九年以前,他是作家,写了四十几本小说和散文;一九四九以后,他变成了一个文物研究专家,写了一些关于文物的书,其中最重大(真是又重又大)的一本是《中国古代服饰研究》。近十年沈先生的文学作品重新引起注意,尤其是青年当中,形成了"沈从文热"。一些读了他的小说的年轻一些的读者觉得非常奇怪:他为什么不再写了呢?国外有些研究中国现代文学的学者也为之大惑不解。我是知道一点内情的,但也说不出个究竟。在他改业之初,我曾经担心他能不能在文物研究上搞出一个名堂,因为从我和

---

* 初刊于《真善美》一九八九年第一、二期合刊,初收于《汪曾祺散文随笔选集》。

他的接触（比如讲课）中，我觉得他缺乏"科学头脑"。后来发现他"另有一功"，能把抒情气质和科学条理完美地结合起来，搞出了成绩，我松了一口气，觉得"这样也好"。我就不大去想他的转业的事了。沈先生去世后，沈虎雏整理沈先生遗留下来的稿件、信件。我因为刊物约稿，想起沈先生改行的事，要找虎雏谈谈。我爱人打电话给三姐（师母张兆和），三姐说："叫曾祺来一趟，我有话跟他说。"我去了，虎雏拿出几封信。一封是给一个叫吉六的青年作家的退稿信（一封很重要的信），一封是沈先生在一九六一年二月二日写给我的很长的信（这封信真长，是在练习本撕下来的纸上写的，钢笔小字，两面写，共十二页，估计不下六千字），是在医院里写的；这封信，他从医院回家后用毛笔在竹纸上重写了一次寄给我，这是底稿；其时我正戴了右派分子帽子，下放张家口沙岭子劳动；（沈先生寄给我的原信我一直保存，"文化大革命"中遗失了，）还有一九四七年我由上海寄给沈先生的两封信。看了这几封信，我对沈先生转业的前因后果，逐渐形成一个比较清晰的轮廓。

从一个方面说，沈先生的改行，是"逼上梁山"，是他多年挨骂的结果。左、右都骂他。沈先生在写给我的信上说：

"我希望有些人不要骂我,不相信,还是要骂。根本连我写什么也不看,只图个痛快。于是骂倒了。真的倒了。但是究竟是谁的损失?"

沈先生的挨骂,以前的,我不知道。我知道的,对他的大骂,大概有三次。

一次是抗日战争时期,约在一九四二年顷,从桂林发动,有几篇很锐利的文章。我记得有一篇是聂绀弩写的。聂绀弩我后来认识,是一个非常好的人。他后来也因黄永玉之介去看过沈先生,认为那全是一场误会。聂和沈先生成了很好的朋友,彼此毫无芥蒂。

第二次是一九四七年,沈先生写了两篇杂文,引来一场围攻。那时我在上海,到巴金先生家,李健吾先生在座。李健吾先生说,劝从文不要写这样的杂论,还是写他的小说。巴金先生很以为然。我给沈先生写的两封信,说的便是这样的意思。

第三次是从香港发动的。一九四八年三月,香港出了一本《大众文艺丛刊》,撰稿人为党内外的理论家。其中有一篇郭沫若写的《斥反动文艺》,文中说沈从文"一直是有意识地作为反动派而活动着"。这对沈先生是致命的一击。可以说,是郭沫若的这篇文章,把沈从文从一个作家骂成了一个文物研究者。事隔三十年,沈先生的《中国古代服饰研究》却由前科学院院长郭沫若写了序。人事变幻，云水悠悠，逝者如斯，谁能逆料？这也是历史。

已经有几篇文章披露了沈先生在解放前后神经混乱的事（我本来是不愿意提及这件事的），但是在这以前，沈先生对形势的估计和对自己前途的设想是非常清醒，非常理智的。他在一九四八年十二月七日写给吉六君的信中说：

"大局玄黄未定……一切终得变。从大处看发展，中国行将进入一个崭新时代，则无可怀疑。"

基于这样的信念，才使沈先生在北平解放前下决心留下来。留下来不走的，还有朱光潜先生、杨振声先生。朱先生和沈先生同住在中老胡同，杨先生也常来串门。对于"玄黄未定"之际的行止，他们肯定是多次商量过的。他们决定不走，但是心境是惶然的。

一天，北京大学贴出了一期壁报，大字全文抄出了郭沫若的《斥反动文艺》。不知道这是地下党的授意，还是进步学生社团自己干的。在那样的时候，贴出这样的大字报，是什么意思呢？这不是"为渊驱鱼"，把本来应该争取，可以争取的高级知识分子一齐推出去么？这究竟是谁的主意，谁的决策？

这篇壁报对沈先生的压力很大，沈先生由神经极度紧张,到患了类似迫害狂的病症(老是怀疑有人监视他,制造一些尖锐声音来刺激他),直接的原因,就是这张大字壁报。

沈先生在精神濒临崩溃的时候,脑子却又异常清楚,所说的一些话常有很大的预见性。四十年前说的话,今天看起来还是很准确。

"一切终得变",沈先生是竭力想适应这种"变"的。他在写给吉六君的信上说:

"用笔者求其有意义,有作用,传统写作方式以及对社会的态度,值得严肃认真加以检讨,有所抉择。对于过去种种,得决心放弃,从新起始来学习。这个新的起始,并不一定即能配合当前需要,惟必能把握住一个进步原则来肯定,来完成,来促进。"

但是他又估计自己很难适应:

"人近中年,情绪凝固,又或因情绪内向,缺乏适应能力,用笔方式,二十年三十年统统由一个'思'字出发,此时却必需用'信'字起步,或不容易扭转。过不多久,即未被迫搁笔,亦终得把笔搁下。这是我们一代若干人必然结果。"

不幸而言中。沈先生对自己搁笔的原因分析得再清楚不过了。不断挨骂,是客观原因;不能适应,有主观成分，也有客观因素。解放后搁笔的，在沈先生一代人中不止沈先生一个人，不过不像沈先生搁得那样彻底，那样明显，其原因，也不外是"思"与"信"的矛盾。三十多年来，直到"文化大革命"结束，中国文艺的主要问题也是强调"信"，忽略"思"。十一届三中全会以后，新时期十年文学的转机，也正是由"信"回复到"思"，作家可以真正地独立思考，可以用自己的眼睛观察生活，用自己的脑和心思索生活，用自己的手表现生活了。

北平一解放，我们就觉得沈先生无法再写作，也无法再在北京大学教书。教什么呢？在课堂上他能说些什么话呢？他的那一套肯定是不行的。

沈先生为自己找到一条出路，也可以说是一条退路：改行。

沈先生的改行并不是没有准备、没有条件的。据沈虎雏说，他对文物的兴趣比对文学的兴趣产生得更早一些。他十八岁时曾在一个统领官身边作书记。这位统领官收藏了百来轴自宋至明清的旧画，几十件铜器及古瓷，还有十来箱书籍，一大批碑帖。这些东西都由沈先生登记管理。由于应用，沈先生学会了许多知识。无事可做时，就把那些古画一轴一轴地取出，挂到壁间独自欣赏，或翻开《西清古鉴》、《薛氏彝器钟鼎款识》来看。"我从这方面对于这个民族在一段长长的年份中，用一片颜色，一把线，一块青铜或一堆泥土，以及一组文字，加上自己生命作成的种种艺术，皆得了一个初步普遍的认识。由于这点初步知识，使一个以鉴赏人类生活与自然现象为生的乡下人，进而对人类智慧光辉的领会，发生了极宽泛而深切的兴味。"（见《从文自传·学历史的地方》）沈先生对文物的兴趣，自始至终，一直是从这一点出发的，是出于对民族，对于民族的历史和文化的深爱。他的文学创作、文物研究，都浸透了爱国主义的感情。从热爱祖国这一点上看，也可以说沈先生并没有改行。我心匪石，不可转也，爱国爱民，始终如一，只是改变了一下工作方式。

　　沈先生的转业并不是十分突然的，是逐渐完成的。北平解放前一年，北大成立了博物馆系，并设立了一个小小的博物馆。这个博物馆是在杨振声、沈从文等几位热心的教授的赞助下搞起来的，馆中的陈列品很多是沈先生从家里搬去的。历史博物馆成立以后，因与馆长很熟，时常跑去帮忙。后来就离开北大，干脆调过去了。沈先生改行，心情是很矛盾的，他有时很痛苦，有时又觉得很轻松。他名心很淡，不大计较得失。沈先生到了历史博物馆，除了鉴定文物，还当讲解员。常书鸿先生带了很多敦煌壁画的摹本在午门楼上展览，他自告奋勇，每天都去。我就亲眼看见他非常热情兴奋地向观众讲解。一个青年问我:"这人是谁?他怎么懂得这么多?"从一个大学教授到当讲解员,沈先生不觉有什么"丢份"。他那样子不但是自得其乐,简直是得其所哉。只是熟人看见他在讲解,心里总不免有些凄然。

沈先生对于写作也不是一下就死了心。"跛者不忘履",一个人写了三十年小说,总不会彻底忘情,有时是会感到手痒的。他对自己写作是很有信心的。在写给我的信上说:"拿破仑是伟人,可是我们羡慕也学不来。至于雨果、莫里哀、托尔斯泰、契诃夫等等的工作,想效法却不太难(我初来北京还不懂标点时,就想到这并不太难)。"直到一九六一年写给我的长信上还说,因为高血压,馆(历史博物馆)中已决定"全休",他想用一年时间"写本故事"(一个长篇),写三姐家堂兄三代闹革命。他为此两次到宣化去,"已得到十万字材料,估计写出来必不会太坏……"想重新提笔,反反复复,经过多次。终于没有实现。一是客观环境不允许,他自己心理障碍很大。他在写给我的信上说:"幻想……照我的老办法,呆头呆脑用契诃夫作个假对象,竞赛下去,也许还会写个十来个本本的。……可是万一有个什么人在刊物上寻章摘句,以为这是什么'修正主义',如此或如彼的一说,我还是招架不住,也可说不费吹灰之力,一切努力,即等于白费。想到这一点,重新动笔的勇气,不免就消失一半。"二是,他后来一头扎进了文物,"越陷越深",提笔之念,就淡忘了。他手里有几十个研究选题待完成,他有很大的责任感和紧迫感,时间精力全为文物占去,实在顾不上再想写作了。

从写小说到改治文物,而且搞出丰硕的成果,失之东隅,收之桑榆,就沈先生个人说,无所谓得失。就国家来说,失去一个作家,得到一个杰出的文物研究专家,也许是划得来的。但是从一个长远的历史角度来看,这算不算损失?如果是损失,那么,是谁的损失?谁为为之?孰令致之?这问题还是很值得我们深思的。我们应该从沈从文的转业得出应有的历史教训。

一九八八年八月二十四日

《沈从文传》序

　　高尔基沿着伏尔加河流浪过。马克·吐温在密西西比河上当过领港员。沈从文在一条长达千里的沅水上生活了一辈子。二十岁以前生活在沅水边的土地上；二十岁以后生活在对这片土地的印象里。他从一个偏僻闭塞的小城，怀着极其天真的幻想，跑进一个五方杂处，新旧荟萃的大城。连标点符号都不会用，就想用手中一支笔打出一个天下。他的幻想居然实现了。他写了四十几本书，比很多人写得都好。

　　五十年代初，他忽然放下写小说和散文的笔，从事文物研究，写出像《中国古代服饰研究》这样的大书。

---

　　*原载于《沈从文传》（金介甫著，符家钦译，时事出版社一九九〇年版），初收于北师大版《汪曾祺全集》第四卷。

他的一生是一个离奇的故事。

他是一个受到极不公平的待遇的作家。评论家、文学史家，违背自己的良心，不断地对他加以歪曲和误解。他写过《菜园》、《新与旧》，然而人家说他是不革命的。他写过《牛》、《丈夫》、《贵生》，然而人家说他是脱离劳动人民的。他热中于"民族品德的发现与重造"，写了《边城》和《长河》，人家说他写的是引人怀旧的不真实的牧歌。他被宣称是"反动"的。一些新文学史里不提他的名字，仿佛沈从文不曾存在过。

需要有一本《沈从文传》，客观地介绍他的生平，他的生活和思想，评价他的作品。现在有了一本《沈从文传》了，它的作者却是一个美国人，这件事本身也是离奇的。

金介甫先生是一位治学严谨的年轻的学者（他岁数不算太小，但是长得很年轻，单纯天真处像一个大孩子——我希望金先生不致因为我这些话而生气），他花了很长的时间，搜集了大量资料，多次到过中国，到过湘西，多次访问了沈先生。坚持不懈，写出了这本长达三十万字的传记。他在沈从文身上所倾注的热情是美丽的，令人感动的。

从我和符家钦先生的通信中，我觉得他是一个心细如发,一丝不苟的翻译家,我相信这本书的译笔不但会是忠实的,并且一定具有很大的可读性。

我愿意为本书写一篇短序,借以表达我对金先生和符先生的感谢。

一九八九年九月十八日

美——生命
——《沈从文谈人生》代序

我在做一件力不从心的事。

我发现我对我的老师并不了解。

曾经有一位评论家说沈先生是"空虚的作家"。沈先生说这话"很有见识"。这是反话。有一位评论家要求作家要有"思想"。沈先生说:"你们所要的'思想',我本人就完全不懂你说的是什么意义。"这是气话。李健吾先生曾说:"说沈从文没有哲学。沈从文怎么没有哲学呢?他最有哲学。"这是真话么?是真话。

不过作家的哲学都是零碎的,分散的,缺乏逻辑,缺乏系统,而且作家所用的名词概念常和别人不一样,有他

---

* 初刊于《中华散文》一九九四年第一期,初收于北师大版《汪曾祺全集》第六卷。

的自己的意义，因此寻绎作家的哲学是困难的。

沈先生曾这样描述自己：

> 我就是个不想明白道理却永远为现象所倾心的人。我看一切，却并不把那个社会价值挽加进去，估定我的爱憎。我不愿问价钱多少来为万物作一个好坏的批评，却愿意考查它在我官觉上使我愉快不愉快的分量。我永远不厌倦的是"看"一切。宇宙万汇在运动中，在静止中，在我印象里，我都能抓定它的最美与最调和的风度，但我的爱好显然却不能同一般目的相合。我不明白一切同人类生活相联结时的美恶，换一句话说，就是我不大能领会伦理的美。接近人生时，我永远是个艺术家的感情，却绝不是所谓道德君子的感情。(《从文自传·女难》)

这段话说得很美。说对了么？说对了。但是只说对了一半。沈先生并不完全是这样。在另一处，沈先生说：

> 曾经有人询问我："你为什么要写作？"
>
> 我告他我这个乡下人的意见："因为我活到这个世界里有所爱。美丽，清洁，智慧，以及对全人类幸福的幻影，皆永远觉得是一种德性，也因此永远使我对它崇拜和倾心。这点情绪同宗教情绪完全一样。这点情绪促我来写作，不断地写作，没有厌倦，只因为

我在各个作品各种形式里,表现我对于这个道德的努力。"(《篱下集题记》)

沈先生在两段话里都用了"倾心"这个字眼。他所倾心的对象即使不是互相矛盾的,但也不完全是一回事。只有把"最美丽与最调和的风度"和"德性"统一起来,才能达到完整的宗教情绪。

沈先生是我见过的唯一的(至少是少有的)具有宗教情绪的人。他对人,对工作,对生活,对生命,无不用一种极其严肃的,虔诚笃敬的态度对待。

沈先生曾说:

我崇拜朝气,欢喜自由,赞美胆量大的,精力强的……这种人也许野一点,粗一点,但一切伟大事业伟大作品就只这类人有分。(《篱下集题记》)

沈先生又说:我是个对一切无信仰的人,却只相信"生命"。

写《沈从文传》的美国人金介甫说:"沈从文的上帝是生命。"

沈先生用这种遇事端肃的宗教情绪,像阿拉伯人皈依真主那样走过了他的强壮、充实的一生。这对年轻人体认自己的价值,是有好处的。这些年理论界提出人的价值观念,沈先生是较早地提出"生命价值"的,并且用他的一生实证了"生命价值"的人。

沈先生在文章中屡次使用的一个名词是:"人性"。

> 这世界上或有想在沙基或水面上建造崇楼杰阁的人,那可不是我。我只想造希腊小庙。选山地作基础,用坚硬石头堆砌它。精致,结实,匀称,形体虽小而不纤巧,是我理想的建筑。这小庙[1]供奉的是"人性"。作成了,你们也许嫌它式样太旧了,形体太小了,不妨事。(《习作选集代序》)

我要表现的本是一种"人生的形式",一种"优美,健康,自然,而又不悖乎人性的人生形式"。(《习作选集代序》)

"人性"是一个引起麻烦的概念,到现在也没有扯清楚。是不是只有具体的"人性"——其实就是阶级性,没有抽象的人性,即人类共有的本性?我们只能从日常的生活用语来解释什么是人性,即美的、善的,是合乎人性的;恶的、丑的,是不合人性的。通常说"灭绝人性",这个人"没有人性",就是这样的意思。比如说一个人强奸幼女,"一点人性都没有"。沈先生把"优美"、"健康"和"不悖人性"联系在一起,是说"人性"是美的,善的。否定一般的,抽象的人性的一个恶果是十年浩劫的大破坏,

---

[1] 据《从文小说习作选》,"小庙"应为"神庙"。——编者注

而被破坏得最厉害的也正是"人性",以致我们现在要呼唤"人性的回归"。沈先生提出"人性",我以为在提高民族心理素质上是有益的。

什么是沈从文的宗教意识,沈从文的上帝,沈从文的哲学的核心?——美。

黑格尔提出"美是生命"的命题。我们也许可以反过来变成这样的逆命题:"生命是美",也许这运用在沈先生身上更为贴切一些。

美是人创造的。沈先生对人用一片铜,一块泥土,一把线,加上自己的想象创造出美,总是惊奇不置。

沈先生有时把创造美的人和上帝造物混为一体。

> 这种美或由上帝造物之手所产生,一片铜,一块石头,一把线,一组声音,其物虽小,可以见世界之大,并见世界之全。或即"造物",最直接最简便那个"人"。流星闪电刹那即逝,即从此显示一种美丽的圣境,人亦相同。一微笑,一皱眉,无不同样可以显出那种圣境。一个人的手足眉发在此一闪即逝的缥缈印象中,即无不可以见出造物者手艺之无比精巧。凡知道用各种感觉捕捉这种美丽神奇光影的,此光影在生命中即终生不灭。但丁、歌德、曹植、李煜,便是将这种光影用文学组成形式,保留的比较完整的几

个人。这些人写成的作品虽各不相同,所得启示必中外古今如一,即一刹那间被美丽所照耀,所征服,所教育是也。

"如中毒,如受电,当之者必喑哑萎悴,动弹不得,失其所信所守"。美之所以为美,恰恰如此。(《烛虚》)

沈先生对自然有一种特殊的敏感,有泛神倾向。他很易为"现象"所感动。河水,水上灰色的小船,黄昏将临时黑色的远山,黑色的树,仙人掌篱笆间缀网的长脚蜘蛛,半枯的柽柳,翠湖的猪耳莲,水手的歌声,画眉的鸣叫……都会使他强烈地感动,以至眼中含泪。沈先生说过:美丽总是使人哀愁的。

沈先生有时是生活在梦里的。

夜梦极可怪。见一淡绿百合花,颈弱而花柔,花身略有斑点青渍,倚立门边微微动摇。在不可知地方好像有极熟习的声音在招呼:

"你看看好,应当有一粒星子在花中。仔细看看。"

于是伸手触之。花微抖,如有所怯。亦复微笑,如有所恃。因轻轻摇触那个花柄,花蒂,花瓣。近花处几片叶子全落了。

> 如闻叹息,低而分明。(《生命》)

这很难索解,但是写得多美!

沈先生四十岁以后一直是在梦与现实之间飘游的。

> 照我思索,能理解"我"。照我思索,可认识"人"。

这里的"我"、"人"都是复数,是抽象的"人",哲学的"我",而沈先生的思索,正如他自己所说,是"抽象的抒情"。

要理解一个作家,是困难的。

关先生编选的这本书虽是资料性的工具书,但从他的选择、分类上,可以看出是有自己的看法的。关先生的工作细致、认真,值得感谢。

一九九三年十月十四日

梦见沈从文先生

夜梦沈从文先生。

梦见《人民文学》改了版,成了综合性的文学刊物。除整块整块的作品外,也发一些文学的随笔、杂记、评论。主编崔道怡。我到编辑部小坐。屋里无人。桌上有一份校样,是沈从文的一篇小说的续篇。拿起来看了一遍,写得还是很好。有几处我觉得还可再稍稍增饰发挥,就拿起笔来添改了一下。拿了校样,想找沈先生看一看,是否妥当。沈先生正在隔壁北京市文联开会(沈先生很少到市文联开会)。一出门,见沈先生迎面走来,就把校样交给他。沈先生看了,说:"改得好!我多时不写小说,笔有

---

* 初刊于一九九七年五月二十八日《文汇报》,初收于北师大版《汪曾祺全集》第六卷。

点僵了,不那么灵活了。笔这个东西,放不得。"

"……文字,还是得贴紧生活。用写评论的语言写小说,不成。"

我说现在的年轻作家喜欢在小说里掺进论文成分,以为这样才深刻。

"那不成。小说是小说,论文是论文。"

沈先生还是那样,瘦瘦的,穿一件灰色的长衫,走路很快,匆匆忙忙的,挟着一摞书,神情温和而执着。

在梦中我没有想到他已经死了。我觉得他依然温和执着,一如既往。

我很少做这样有条有理的梦(我的梦总是飘飘忽忽,乱糟糟的),并且醒后还能记得清清楚楚(一些情节,我在梦中常自以为记住了,醒来却忘得一干二净)。醒来看表,四点二十。怎么会做这样的梦呢?

沈先生在我的梦里说的话并无多少深文大义,但是很中肯。

一九九七年四月三日清晨

沈从文和他的《边城》

《边城》是沈从文先生所写的唯一的一个中篇小说。说是中篇小说,是因为篇幅比较长,约有六万多字;还因它有一个有头有尾的故事,——沈先生的短篇小说有好些是没有什么故事的,如《牛》、《三三》、《八骏图》……都只是通过一点点小事,写人的感情、感觉、情绪。

《边城》的故事其实也很简单:茶峒山城一里外有一小溪,溪边有一弄渡船的老人。老人的女儿和一个兵有了私情,和那个兵一同死了,留下一个孤雏,名叫翠翠,老船夫和外孙女相依为命地生活着。茶峒城里有个在水码头上掌事的龙头大哥顺顺,顺顺有两个儿子,天保和傩送,两兄弟都爱上翠翠。翠翠爱二老傩送,不爱大老天保。大老

---

* 初刊于《芙蓉》一九八一年第二期,初收于《晚翠文谈》。

天保在失望之下驾船往下游去，失事淹死；傩送因为哥哥的死在心里结了一个难解疙瘩，也驾船出外了。雷雨之夜，渡船老人死了，剩下翠翠一个人。傩送对翠翠的感情没有变，但是他一直没有回来。

就这样一个简单的故事，却写出了几个活生生的人物，写了一首将近七万字的长诗！

因为故事写得很美，写得真实，有人就认为真有那么一回事。有的华侨青年，读了《边城》，回国来很想到茶峒去看看，看看那个溪水、白塔、渡船，看看渡船老人的坟，看看翠翠曾在哪里吹竹管……

大概是看不到的。这故事是沈从文编出来的。

有没有一个翠翠？

有的。可她不是在茶峒的碧溪岨，是泸溪县一个绒线铺的女孩子。

《湘行散记》里说：

"……在十三个伙伴中我有两个极好的朋友。……其次是那个年纪顶轻的，名字就叫'傩右'，一个成衣人的独生子，为人伶俐勇敢，希有少见。……这小孩子年纪虽小，心可不小！同我们到县城街转了三次，就看中一个绒线铺的女孩子，问我借钱向那女孩子买了三次白棉线草鞋带子……那女孩子名叫'翠翠'，我写《边城》故事时，弄渡船的外孙女,明慧温柔的品性,就从那绒线铺小女孩脱胎出来。"[1]

她是泸溪县的么?也不是。她是山东崂山的。

看了《湘行散记》,我很怕上了《灯》里那个青衣女子同样的当,把沈先生编的故事信以为真,特地上他家去核对一回,问他翠翠是不是绒线铺的女孩子。他的回答是:

"我们(他和夫人张兆和)上崂山去,在汽车里看到出殡的,一个女孩子打着幡。我说:这个我可以帮你写个小说。"

幸亏他夫人补充了一句:"翠翠的性格、形象,是绒线铺那个女孩子。"

沈先生还说:"我平生只看过那么一条渡船,在棉花坡。"那么,碧溪的渡船是从棉花坡移过来的。棉花坡离碧溪岨不远,但总还有一个距离。

读到这里,你会立刻想起鲁迅所说的脸在那里,衣服在那里的那段有名的话。是的,作家酝酿人物形象和故事情节是一个很复杂的过程。一九五七年,沈先生曾经跟我说过:"我们过去写小说都是真真假假的,哪有现在这样都是真事的呢。"有一个诗人很欣赏"真真假假"这句话,说是这说明了创作的规律,也说明了什么是浪漫主义。翠

---

1 见《老伴》。

翠,《边城》,都是想象出来的。然而必须有丰富的生活经验,积累了众多的印象,并加上作者的思想、感情和才能,才有可能想象得真实,以至把创作变得好像是报导。

沈从文善于写中国农村的少女。沈先生笔下的湘西少女不是一个,而是一串。

三三、夭夭、翠翠,她们是那样的相似,又是那样的不同。她们都很爱娇,但是各因身世不同,娇得不一样。三三生在小溪边的碾坊里,父亲早死,跟着母亲长大,除了碾坊小溪,足迹所到最远处只是在堡子里的总爷家。她虽然已经开始有了一个少女对于"人生"朦朦胧胧的神往,但究竟是个孩子,浑不解事,娇得有点痴。夭夭是个有钱的橘子园主人的幺姑娘,一家子都宠着她。她已经订了婚,未婚夫是个在城里读书的学生。她可以背了一个特别精致的背篓,到集市上去采购她所中意的东西,找高手银匠洗她的粗如手指的银练子。她能和地方上的小军官从容说话。她是个"黑里俏",性格明朗豁达,口角伶俐。她很娇,娇中带点野。翠翠是个无父无母的孤雏,她也娇,但是娇得乖极了。

用文笔描绘少女的外形,是笨人干的事。沈从文画少女,主要是画她的神情,并把她安置在一个颜色美丽的背景上,一些动人的声音当中。

……为了住处两山多篁竹,翠色逼人而来,老船夫随便给这个可怜孤雏,拾取了一个近身的名字,叫做翠翠。

翠翠在风日里长养着,把皮肤变得黑黑的,触目为青山绿水,一对眸子清明如水晶,自然既长养她且教育她。为人天真活泼,处处俨然如一只小兽物。人又那么乖,和山头黄麂一样,从不想到残忍事情,从不发愁,从不动气。平时在渡船上遇陌生人对她有所注意时,便把光光的眼睛瞅着那陌生人,作成随时都可举步逃入深山的神气,但明白了面前的人无心机后,就又从从容容来完成任务了。

风日清和的天气,无人过渡,镇日长闲,祖父同翠翠便坐在门前大岩石上晒太阳;或把一段木头从高处向水中抛去,嗾使身边黄狗从岩石高处跃下,把木头衔回来;或翠翠与黄狗皆张着耳朵,听祖父说些城中多年以前的战争故事;或祖父同翠翠两人,各把小竹作成的竖笛,逗在嘴边吹着迎亲送女的曲子,过渡人来了,老船夫放下了竹管,独自跟到船边去横溪渡人。在岩上的一个,见船开动时,于是锐声喊着:

"爷爷，爷爷，你听我吹——你唱！"

爷爷到溪中央于是很快乐的唱起来，哑哑的声音，振荡在寂静的空气里，溪中仿佛也热闹了些。实则歌声的来复，反而使一切更加寂静。

篁竹、山水、笛声，都是翠翠的一部分。它们共同在你们心里造成这女孩子美的印象。

翠翠的美，美在她的性格。

《边城》是写爱情的，写中国农村的爱情，写一个刚刚进入青春期的农村女孩子的爱情。这种爱是那样的纯粹，那样不俗，那样像空气里小花、青草的香气，像风送来的小溪流水的声音，若有若无，不可捉摸，然而又是那样的实实在在，那样的真。这样的爱情叫人想起古人说得很好，但不大为人所理解的一句话：思无邪。

沈从文的小说往往是用季节的颜色、声音来计算时间的。

翠翠的爱情的发展是跟几个端午节联在一起的。

翠翠十五岁了。

端午节又快到了。

传来了龙船下水预习的鼓声。

蓬蓬鼓声掠水越山到了渡船头那里时，最先注意到的是那只黄狗。那黄狗汪汪的吠着，受了惊似的绕屋乱走；有人过渡时，便随船渡过河东岸去，且跑到那小山头向城里一方面大吠。

翠翠正坐在门外大石上用棕叶编蚱蜢、蜈蚣玩，见黄狗先在太阳下睡着，忽然醒来便发疯似的乱跑，过了河又回来，就问它骂它：

"狗、狗，你做什么！不许这样子！"

"可是一会儿那远处声音被她发现了，她于是也绕屋跑着，并且同黄狗一块儿渡过了小溪，站在小山头听了许久，让那点迷人的鼓声，把自己带到一个过去的节日里去。"两年前的一个节日里去。

作者这里用了倒叙。

两年前，翠翠才十三岁。

这一年的端午，翠翠是难忘的。因为她遇见了傩送。

翠翠还不大懂事。她和爷爷一同到茶峒城里去看龙船，爷爷走开了，天快黑了，看龙船的人都回家了，翠翠一个人等爷爷，傩送见了她，把她还当一个孩子，很关心地对她说了几句话，翠翠还误会了，骂了人家一句："你个悖时砍脑壳的！"及至傩送好心派人打火把送她回去，她才知道刚才那人就是出名的傩送二老，"记起自己先前骂人那句话，心里又吃惊又害羞，再也不说什么，默默地随了那火把走了"。到了家，"另外一件事，属于自己不关祖父的，却使翠翠沉默了一个夜晚"。这写得非常含蓄。

翠翠过了两个中秋，两个新年，但"总不如那个端午所经过的事甜而美"。

十五岁的端午不是翠翠所要的那个端午。"从祖父和那长年谈话里，翠翠听明白了二老是在下游六百里外沅水中部青浪滩过端午的。"未及见二老，倒见到大老天保。大老还送他们一只鸭子。回家时，祖父说："顺顺真是好人，大方得很。大老也很好。这一家人都好！"翠翠说："一家人都好，你认识他们一家人吗？"祖父不明白这句话的意思所在，聪明的读者是明白的。路上祖父说了假如大老请人来做媒的笑话，"翠翠着了恼，把火炬向路两旁乱晃着，向前快快的走去了"。

"翠翠，莫闹，我摔到河里去了，鸭子会走脱的！"

"谁也不希罕那只鸭子！"

翠翠向前走去，忽然停住了发问：

"爷爷，你的船是不是正在下青浪滩呢？"

这一句没头没脑的问话，说出了这女孩子的心正在飞向什么所在。

端午又来了。翠翠长大了，十六了。

翠翠和爷爷到城里看龙船。

未走之前，先有许多曲折。祖父和翠翠在三天前业已预先约好，祖父守船，翠翠同黄狗过顺顺吊脚楼去看热闹。翠翠先不答应，后来答应了。但过了一天，翠翠又翻悔，以为要看两人去看，要守船两人守船。初五大早，祖父上城买办过节的东西。翠翠独自在家，看看过渡的女孩子，唱唱歌，心上浸入了一丝儿凄凉。远处鼓声起来了，她知道绘有朱红长线的龙船这时节已下河了。细雨下个不止，溪面一片烟。将近吃早饭时节，祖父回来了，办了节货，却因为到处请人喝酒，被顺顺把个酒葫芦扣下了。正像翠翠所预料的那样，酒葫芦有人送回来了。送葫芦回来的是二老。二老向翠翠说："翠翠，吃了饭，和你爷爷到我家吊脚楼上去看划船吧？"翠翠不明白这陌生人的好意，不懂得为什么一定要到他家中去看船，抿着小嘴笑笑。到了那里，祖父离开去看一个水碾子。翠翠看见二老头上包着红布，在龙船上指挥，心中便印着两年前的旧事。黄狗不见了，翠翠便离了座位，各处去寻她的黄狗。在人丛中却听到两个不相干的妇人谈话。谈的是砦子上王乡绅想把女儿嫁给二老，用水碾子作陪嫁。二老喜欢一个撑渡船的。翠翠脸发火烧。二老船过吊脚楼，失足落水，爬起来上岸，一见翠翠就说："翠翠，你来了，爷爷也来了吗？"翠翠脸还发烧，不便作声，心想"黄狗跑到什么地方去了呢？"二老又说:"怎不到我家楼上去看呢?我已经要人替你弄了个好位子。"翠翠心想:"碾坊陪嫁,希奇事情咧。"翠翠到河下时,小小心腔中充满一种说不分明的东西。翠翠锐声叫黄狗,黄狗扑下水中,向翠翠方面泅来。到身边时,身上全是水。翠翠说:"得了,狗,装什么疯!你又不翻船,谁要你落水呢?"爷爷来了,说了点疯话。爷爷说:"二老捉得鸭子,一定又会送给我们的。"话不及说完,二老来了,站在翠翠面前微微笑着。翠翠也不由不抿着嘴微笑着。

顺顺派媒人来为大老天保提亲。祖父说得问问翠翠。祖父叫翠翠,翠翠拿了一簸箕豌豆上了船。"翠翠,翠翠,先前那个人来作什么,你知道不知道?"翠翠说:"我不知道。"说后脸同脖颈全红了。翠翠弄明白了,人来做媒的是大老!不曾把头抬起,心忡忡地跳着,脸烧得厉害,仍然剥她的豌豆,且随手把空豆荚抛到水中去,望着它们在流水中从从容容流去,自己也俨然从容了许多。又一次,祖父说了个笑话,说大老请保山来提亲,翠翠那神气不愿意;假若那个人还有个兄弟,想来为翠翠唱歌,攀交情,翠翠将怎么说。翠翠吃了一惊,勉强笑着,轻轻的带点恳求的神气说:"爷爷,莫说这个笑话吧。"翠翠说:"看天上的月亮,那么大!"说着出了屋外,便在那一派清光的露天中站定。

……………

有个女同志,过去很少看过沈从文的小说,看了《边城》提出了一个问题:"他怎么能把女孩子的心捉摸得那么透,把一些细微曲折的地方都写出来了?这些东西我们都是有过的,——沈从文是个男的。"我想了想,只好说:"曹雪芹也是个男的。"

沈先生在给我们上创作课的时候,经常说的一句话,是:"要贴到人物来写。"他还说:"要滚到里面去写。"他的话不太好懂。他的意思是说:笔要紧紧地靠近人物的感情、情绪,不要游离开,不要置身在人物之外。要和人物同呼吸,共哀乐,拿起笔来以后,要随时和人物生活在一起,除了人物,什么都不想,用志不纷,一心一意。

首先要有一颗仁者之心,爱人物,爱这些女孩子,才能体会到她们的许多飘飘忽忽的,跳动的心事。

祖父也写得很好。这是一个古朴、正直、本分、尽职的老人。某些地方,特别是为孙女的事进行打听、试探的时候,又有几分狡狯,狡狯中仍带着妩媚。主要的还是写了老人对这个孤雏的怜爱,一颗随时为翠翠而跳动的心。

黄狗也写得很好。这条狗是这一家的成员之一,它参与了他们的全部生活,全部的命运。一条懂事的、通人性的狗。——沈从文非常善于写动物,写牛、写小猪、写鸡,写这些农村中常见的,和人一同生活的动物。

大老、二老、顺顺都是侧面写的,笔墨不多,也都给人留下颇深的印象。包括那个杨马兵、毛伙,一个是一个。

沈从文不是一个雕塑家,他是一个画家。一个风景画的大师。他画的不是油画,是中国的彩墨画,笔致疏朗,着色明丽。

沈先生的小说中有很多篇描写湘西风景的,各不相同。《边城》写酉水:

> 那条河水便是历史上知名的酉水,新名字叫做白河。白河下游到辰州与沅水汇流后,便略显浑浊,有出山泉水的意思。若溯流而上,则三丈五丈的深潭皆清澈见底。深潭中为白日所映照,河底小的石子,有花纹的玛瑙石子,全看得明明白白。水中游鱼来去,全如浮在空气里。两岸多高山,山中多可以造纸的细竹,长年作深翠颜色,逼人眼目。近水人家多在桃杏花里。春天时只需注意,凡有桃花处必有人家,凡有人家处必可沽酒。夏天则晾晒在日光下耀目的紫花布衣裤,可以作为人家所在的旗帜。秋冬来时,酉水中游如王村、岔汆、保靖、里耶和许多无名山村,人家

房屋在悬岩上的,滨水面的,无不朗然入目。黄泥的墙,乌黑的瓦,位置却那么妥帖,且与四周环境极其调和,使人迎面得到的印象,实在非常愉快。

描写风景,是中国文学的一个悠久传统。晋宋时期形成山水诗。吴均的《与宋元思书》是写江南风景的名著。柳宗元的《永州八记》,苏东坡、王安石的许多游记,明代的袁氏兄弟、张岱,这些写风景的高手,都是会对沈先生有启发的。就中沈先生最为钦佩的,据我所知,是郦道元的《水经注》。

古人的记叙虽可资借鉴,主要还得靠本人亲自去感受,养成对于形体、颜色、声音,乃至气味的敏感,并有一种特殊的记忆力,能把各种印象保存在记忆里,要用时即可移到纸上。沈先生从小就爱各处去看,去听,去闻嗅。"我的心总得为一种新鲜声音、新鲜颜色、新鲜气味而跳。"(《从文自传》)

雨后放晴的天气,日头炙到人肩上、背上已有了点力量。溪边芦苇水杨柳,菜园中菜蔬,莫不繁荣滋茂,带着一种有野性的生气。草丛里绿色蚱蜢各处飞着,翅膀搏动空气时喞喞作声。枝头新蝉声音虽不成腔,却也渐渐宏大。两山深翠逼人的竹篁中,有黄鸟和竹雀、杜鹃交递鸣叫。翠翠感觉着,望着,听着,同时也思索着……

这是夏季的白天。

月光如银子,无处不可照及,山上竹篁在月光下变成一片黑色。身边草丛中虫声繁密如落雨,间或不知从什么地方,忽然会有一只草莺"嗓嗓嗓嗓嘘!"转着它的喉咙,不久之间,这小鸟儿又好像明白这是半夜,不应当那么吵闹,便仍然闭着那小小眼儿安睡了。

这是夏天的夜。

小饭店门前长案上常有煎得焦黄的鲤鱼豆腐,身上装饰了红辣椒丝,卧在浅口钵头里,钵旁大竹筒中插着大把朱红筷子……

这是多么热烈的颜色!

到了卖杂货的铺子里,有大把的粉条,大缸的白糖,有炮仗,有红蜡烛,莫不给翠翠一种很深的印象,回到祖父身边,总把这些东西说个半天。

粉条、白糖、炮仗、蜡烛,这都是极其常见的东西,然而它们配搭在一起,是一幅对比鲜明的画。

天已经快夜,别的雀子似乎都休息了,只杜鹃叫个不息,石头泥土为白日晒了一整天,草木为白日晒了一整天,到这时节各放散出一种热气。空气中有泥土气味，有草木气味，还有各种甲虫类气味。翠翠看着天上的红云，听着渡口飘来乡生意人的杂乱声音，心中有些儿薄薄的凄凉。

甲虫气味大概还没有哪个诗人在作品里描写过！

曾经有人说沈从文是个文体家。

沈先生曾有意识地试验过各种文体。《月下小景》叙事重复铺张，有意模仿六朝翻译的佛经，语言也多四字为句，近似偈语。《神巫之爱》的对话让人想起《圣经》的《雅歌》和萨孚的情诗。他还曾用骈文写过一个故事。其他小说中也常有骈偶的句子，如"凡有桃花处必有人家，凡有人家处必可沽酒"，"地方像茶馆却不卖茶，不是烟馆却可以抽烟"。但是通常所用的是他的"沈从文体"。这种"沈从文体"用它自己的话，就是"充满泥土气息"和"文白杂糅"[1]。他的语言有一些是湘西话，还有他个人的口头语，如"即刻"、"照例"之类。他的语言里有相当多的文言成分——文言的词汇和文言的句法。问题是他把家乡话与普通话，文言和口语配置在一起，十分调和，毫不"格生"，这样就形成了沈从文自己的特殊文体。他的语言是从多方面吸取的。间或有一些当时的作家都难免的欧化的

---

1 见一九五七年出版《沈从文小说选集》题记。

句子，如"……的我"，但极少。大部分语言是具有民族特点的。就中写人叙事简洁处，受《史记》、《世说新语》的影响不少。他的语言是朴实的，朴实而有情致；流畅的，流畅而清晰。这种朴实，来自于雕琢；这种流畅，来自于推敲。他很注意语言的节奏感，注意色彩，也注意声音。他从来不用生造的，谁也不懂的形容词之类，用的是人人能懂的普通词汇。但是常能对于普通词汇赋予新的意义。比如《边城》里两次写翠翠拉船，所用字眼不同。一次是：

> 有时过渡的是从川东过茶峒的小牛，是羊群，是新娘子的花轿，翠翠必争着作渡船夫，站在船头，懒懒的攀引缆索，让船缓缓的过去。

又一次是：

> 翠翠斜睨了客人一眼，见客人正盯着她，便把脸背过去，抿着嘴儿，不声不响，很自负的拉着那条横缆。

"懒懒的"，"很自负的"都是很平常的字眼，但是没有人这样用过，用在这里，就成了未经人道语了。尤其是"很自负的"。你要知道，这"客人"不是别个，是傩送二老呀，于是"很自负的"，就有了很多很深的意思。这个词用在这里真是最准确不过了！

沈先生对我们说过语言的唯一标准是准确（契诃夫也说过类似的意思）。所谓"准确"，就是要去找，去选择，去比较。也许你相信这是"妙手偶得之"，但是我更相信这是"众里寻他千百度，蓦然回首，那人正在灯火阑珊处"。

《边城》不到七万字，可是整整写了半年。这不是得来全不费功夫。沈先生常说：人做事要耐烦。沈从文很会写对话。他的对话都没有什么深文大义，也不追求所谓"性格化的语言"，只是极普通的说话。然而写得如闻其声，如见其人。比如端午之前，翠翠和祖父商量谁去看龙船：

见祖父不再说话，翠翠就说："我走了，谁陪你？"

祖父说："你走了，船陪我。"

翠翠把一对眉毛皱拢去苦笑着，"船陪你，嗨，嗨，船陪你。爷爷，你真是，只有这只宝贝船！"

比如黄昏来时，翠翠心中无端地有些薄薄的凄凉，一个人胡思乱想，想到自己下桃源县过洞庭湖，爷爷要拿把刀放在包袱里，搭下水船去杀了她！她被自己的胡想吓怕起来了。心直跳，就锐声喊她的祖父：

"爷爷，爷爷，你把船拉回来呀！"

请求了祖父两次,祖父还不回来。她又叫:

"爷爷,为什么不上来?我要你!"

有人说沈从文的小说不讲结构。

沈先生的某些早期小说诚然有失之散漫冗长的。《会明》就相当散,最散的大概要算《泥涂》。但是后来的大部分小说是很讲结构的。他说他有些小说是为了教学需要而写的,为了给学生示范,"用不同方法处理不同问题"。这"不同方法"包括或极少用对话,或全篇都用对话(如《若墨医生》)等等,也指不同的结构方法。他常把他的小说改来改去,改的也往往是结构。他曾经干过一件事,把写好的小说剪成一条一条的,重新拼合,看看什么样的结构最好。他不大用"结构"这个词,常用的是"组织"、"安排",怎样把材料组织好,位置安排得更妥帖。他对结构的要求是:"匀称"。这是比表面的整齐更为内在的东西。一个作家在写一局部时要顾及整体,随时意识到这种匀称感。正如一棵树,一个枝子,一片叶子,这样长,那样长,都是必需的,有道理的。否则就如一束绢花,虽有颜色,终少生气。《边城》的结构是很讲究的,是完美地实现了沈先生所要求的匀称的,不长不短,恰到好处,不能增减一分。

有人说《边城》像一个长卷。其实像一套二十一开的册页，每一节都自成首尾，而又一气贯注。——更像长卷的是《长河》。

沈先生很注意开头，尤其注意结尾。

他的小说的开头是各式各样的。

《边城》的开头取了讲故事的方式：

> 由四川过湖南去，靠东有一条官路，这官路将近湘西边境，到了一个地方名叫"茶峒"的小山城时，有一小溪，溪边有座白色小塔，塔下住了一户单独的人家。这人家只一个老人，一个女孩子，一只黄狗。

这样的开头很朴素，很平易亲切，而且一下子就带起全文牧歌一样的意境。

汤显祖评董解元《西厢记》，论及戏曲的收尾，说"尾"有两种，一种是"度尾"，一种是"煞尾"。"度尾"如画舫笙歌，从远地来，过近地，又向远地去；"煞尾"如骏马收缰，忽然停住，寸步不移。他说得很好。收尾不外这两种。《边城》各章的收尾，两种兼见。

> 翠翠正坐在门外大石上用棕叶编蚱蜢、蜈蚣玩，见黄狗先在太阳下睡着，忽然醒来便发疯似的乱跑，过了河又回来，就问它骂它：
>
> "狗，狗，你做什么！不许这样子！"
>
> 可是一会儿那远处声音被她发现了，她于是也绕

屋跑着,并且同黄狗一块儿渡过了小溪,站在小山头听了许久,让那点迷人的鼓声,把自己带到一个过去的节日里去。

这是"度尾"。

……翠翠感觉着,望着,听着,同时也思索着:

"爷爷今年七十岁……三年六个月的歌——谁送那只白鸭子呢?……得碾子的好运气,碾子得谁更是好运气……。"

痴着,忽地站起,半簸箕豌豆便倾倒到水中去了。伸手把那簸箕从水中捞起时,隔溪有人喊过渡。

这是"煞尾"。

全文的最后,更是一个精彩的结尾:

到了冬天,那个圮坍了的白塔,又重新修好了。那个在月下歌唱,使翠翠在睡梦里为歌声把灵魂轻轻浮起的年青人,还不曾回到茶峒来。

这个人也许永远不回来了,也许明天回来。

七万字一齐收在这一句话上。故事完了,读者还要想半天。你会随小说里的人物对远人作无边的思念,随她一同盼望着,热情而迫切。

我有一次在沈先生家谈起他的小说的结尾都很好,他笑眯眯地说:"我很会结尾。"

三十年来，作为作家的沈从文很少被人提起（这些年他以一个文物专家的资格在文化界占一席位），不过也还有少数人在读他的小说。有一个很有才华的小说家对沈先生的小说存着偏爱。他今年春节，温读了沈先生的小说，一边思索着一个问题：什么是艺术生命？他的意思是说：为什么沈先生的作品现在还有蓬勃的生命？我对这个问题也想了几天，最后还是从沈先生的小说里找到了答案，那就是《长河》里的夭夭所说的："好看的应该长远存在。"

现在，似乎沈先生的小说又受到了重视。出版社要出版沈先生的选集，不止一个大学的文学系开始研究沈从文了。这是好事。这是"百花齐放"的一种体现。这对推动创作的繁荣是有好处的。我想。

一九八〇年五月二十二日黎明写完。

又读《边城》

请许我先抄一点沈先生写给三姐张兆和(我的师母)的信。

三三,我因为天气太好了一点,故站在船后舱看了许久水,我心中忽然好像澈悟了一些,同时又好像从这条河中得到了许多智慧。三三,的的确确,得到了许多智慧,不是知识。我轻轻地叹息了好些次。山头夕阳极感动我,水底各色圆石也极感动我,我心中似乎毫无什么渣滓,透明烛照,对河水,对夕阳,对拉船人同船,皆那么爱着,十分温暖地爱着!……我看到小小渔船,载了它的黑色鸬鹚向下流缓缓划去,

---

* 初刊于《读书》一九九三年第一期,初收于《汪曾祺散文随笔选集》。

看到石滩上拉船人的姿势，我皆异常感动且异常爱他们。……三三，我不知为什么，我感动得很！我希望活得长一点，同时把生活完全发展到我自己的这分工作上来。我会用自己的力量，为所谓人生，解释得比任何人皆庄严些与透入些！三三，我看久了水，从水里的石头得到一点平时好像不能得到的东西，对于人生，对于爱憎，仿佛全然与人不同了。我觉得惆怅得很，我总像看得太深太远，对于我自己，便成为受难者了，这时节我软弱得很，因为我爱了世界，爱了人类。三三，倘若我们这时正是两人同在一处，你瞧我眼睛湿到什么样子！

这是一封家书，是写给三三的"专利读物"，不是宣言，用不着装样子，做假，每一句话都是真诚的，可信的。

从这封信，可以理解沈先生为什么要写《边城》，为什么会写得这样美。因为他爱世界，爱人类。

从这里也可得到对沈从文的全部作品的理解。也许你会觉得这样的解释有点不着边际。不吧。

《边城》激怒了一些理论批评家，文学史家，因为沈从文没有按照他们的要求，他们规定的模式写作。

第一条罪名是《边城》没有写阶级斗争，"掏空了人物的阶级属性"。

是不是所有的作品都要写阶级斗争？

他们认为被掏空阶级属性的人物第一个大概是顺顺。他们主观先验地提高了顺顺的成份，说他是"水上把头"，是"龙头大哥"，是"团总"，恨不能把他划成恶霸地主才好。事实上顺顺只是一个水码头的管事。他有一点财产，财产只有"大小四只船"。他算个什么阶级？他的阶级属性表现在他有向上爬的思想，比如他想和王团总攀亲，不愿意儿子娶一个弄船的孙女，有点嫌贫爱富。但是他毕竟只是个水码头的管事，为人正直公平，德高望重，时常为人排难解纷，这样人很难把他写得穷凶极恶。

至于顺顺的两个儿子，天保和傩送，"向下行船时，多随了自己的船只充伙计，甘苦与人相共，荡桨时选最重的一把，背纤时拉头纤二纤"，更难说他们是阶级敌人。

针对这样的批评，沈从文作了挑战性的答复："你们多知道要作品有'思想'，有'血'有'泪'，且要求一个作品具体表现这些东西到故事发展上，人物言语上，甚至一本书的封面上，目录上。你们要的事多容易办！可是我不能给你们这个。我存心放弃你们……"

第二条罪名，与第一条相关联，是说《边城》写的是一个世外桃源，脱离现实生活。

《边城》是现实主义的还是浪漫主义的？《边城》有没有把现实生活理想化了？这是个非常叫人困惑的问题。

为什么这个小说叫做《边城》？这是个值得想一想的问题。

"边城"不只是一个地理概念，意思不是说这是个边地的小城。这同时是一个时间概念，文化概念。

"边城"是大城市的对立面。这是"中国另外一个地方另外一种事情"（《边城题记》）。沈先生从乡下跑到大城市，对上流社会的腐朽生活，对城里人的"庸俗小气自私市侩"深恶痛绝，这引发了他的乡愁，使他对故乡尚未完全被现代物质文明所摧毁的淳朴民风十分怀念。

便是在湘西，这种古朴的民风也正在消失。沈先生在《长河·题记》中说："一九三四年的冬天，我因事从北平回湘西，由沅水坐船上行、转到家乡凤凰县。去乡已十八年，一入长河流域，什么都不同了。表面上看来，事事物物自然都有了极大进步，试仔细注意注意，便见出在变化中的堕落趋势。最明显的事，即农村社会所保有的那点正直朴素人情美，几乎快要消失无余，代替而来的却是近二十年实际社会培养成功的一种唯实唯利的人生观。"《边城》所写的那种生活确实存在过，但到《边城》写作时（一九三三——一九三四）已经几乎不复存在。《边城》是一个怀旧的作品,一种带着痛惜情绪的怀旧。《边城》是一个温暖的作品,但是后面隐伏着作者的很深的悲剧感。

可以说《边城》既是现实主义的,又是浪漫主义的,《边城》的生活是真实的,同时又是理想化了的,这是一种理想化了的现实。

为什么要浪漫主义,为什么要理想化?因为想留住一点美好的,永恒的东西,让它长在,并且常新,以利于后人。

《从文小说习作选·代序》说:

> 这世界上或有想在沙基或水面上建造崇楼杰阁的人,那可不是我。我只想造希腊小庙。选山地作基础,用坚硬石头堆砌它。精致,结实,匀称,形体虽小而不纤巧,是我的理想的建筑。这庙里[1]供奉的是"人性"。

> 我要表现的本是一种"人生的形式",一种"优美,健康,自然,而又不悖乎人性的人生形式"。

喔!"人性",这个倒霉的名词!

沈先生对文学的社会功能有他自己看法,认为好的作品除了使人获得"真美感觉之外,还有一种引人'向善'

---

1 据《从文小说习作选》,"庙里"应为"神庙"。——编者注

的力量，……从作品中接触另外一种人生，从这种人生景象中有所启发，对人生或生命能作更深一层的理解。"（《小说的作者与读者》）沈先生的看法"太深太远"。照我看，这是文学功能的最正确的看法。这当然为一些急功近利的理论家所不能接受。

《边城》里最难写，也是写得最成功的人物，是翠翠。翠翠的形象有三个来源。

一个是泸溪县绒线铺的女孩子。

> 我写《边城》故事时，弄渡船的外孙女，明慧温柔的品性，就从那绒线铺小女孩印象得来。（《湘行散记·老伴》）

一个是在青岛崂山看到的女孩子。

> 故事上的人物，一面从一年前在青岛崂山北九水看到的一个乡村女子，取得生活的必然……（《水云》）

这个女孩是死了亲人，戴着孝的。她当时在做什么？据刘一友说，是在"起水"。金介甫说是"告庙"。"起水"是湘西风俗，崂山未必有。"告庙"可能性较大。沈先生在写给三姐的信中提到"报庙"，当即"告庙"。金文是经过翻译的，"报"、"告"大概是一回事。我听沈先生说，是和三姐在汽车里看到的。当时沈先生对三姐说:"这个,我可以帮你写一个小说。"

另一个来源就是师母。

> 一面就用身边新妇作范本,取得性格上的朴素式样。(《水云》)

但这不是三个印象的简单的拼合,形成的过程要复杂得多。沈先生见过很多这样明慧温柔的乡村女孩子,也写过很多,他的记忆里储存了很多印象,原来是散放着的,崂山那个女孩子只是一个触机,使这些散放印象聚合起来,成了一个完完整整的形象,栩栩如生,什么都不缺。含蕴既久,一朝得之。这是沈先生的长时期的"思乡情结"茹养出来的一颗明珠。

翠翠难写,因为翠翠太小了(还过不了十六吧)。她是那样天真,那样单纯。小说是写翠翠的爱情的。这种爱情是那样纯净,那样超过一切世俗利害关系,那样的非物质。翠翠的爱情有个成长过程。总体上,是可感的,坚定的,但是开头是朦朦胧胧的,飘飘忽忽的。翠翠的爱是一串梦。

翠翠初遇傩送二老,就对二老有个难忘的印象。二老邀翠翠到他家去等爷爷,翠翠以为他是要她上有女人唱歌的楼上去,以为欺侮了她,就轻轻地说:"你个悖时砍脑壳的!"后来知道那是二老,想起先前骂人的那句话,心里又吃惊又害羞。到家见着祖父,"另一件事,属于自己不关祖父的,却使翠翠沉默了一个夜晚"。

两年后的端午节,祖父和翠翠到城里看龙船,从祖父与长年的谈话里,听明白二老是在下游六百里外青浪滩过的端午。翠翠和祖父在回家的路上走着,忽然停住了发问:"爷爷,你的船是不是正在下青浪滩呢?"这说明翠翠的心此时正在飞向滩边。

二老过渡,到翠翠家中做客,二老想走了,翠翠拉船。"翠翠斜睨了客人一眼,见客人正盯着她,便把脸背过去,抿着嘴儿,很自负的拉着那条横缆……""自负"二字极好。

翠翠听到两个女人说闲话,说及王团总要和顺顺打亲家,陪嫁是一座碾坊,又说二老不要碾坊,还说二老欢喜一个撑渡船的……翠翠心想碾坊陪嫁,希奇事情咧。这些闲话使翠翠不得不接触到实际问题。

但是翠翠还是在梦里。傩送二老按照老船工所指出的"马路",夜里去为翠翠唱歌。"翠翠梦中灵魂为一种美妙歌声浮起来,仿佛轻轻地各处飘着;上了白塔,下了菜园,到了船上,又复飞窜过悬崖半腰,——去作什么呢?摘虎耳草!"这是极美的电影慢镜头,伴以歌声。

事情经过许多曲折。

天保大老走"车路"不通,托人说媒要翠翠不成,驾油船下辰州,掉到茨滩淹坏了。

大雷大雨的夜晚,老船夫死了。

祖父的朋友杨马兵来和翠翠作伴,"因为两个必谈祖父以及这一家有关系的事情,后来便说到了老船夫死前的一切,翠翠因此明白了祖父活时所不提到的许多事,二老的唱歌,顺顺大儿子的死,顺顺父子对祖父的冷漠,中寨人用碾坊作陪嫁妆奁诱惑傩送二老,二老既记忆着哥哥的死亡,且因得不到翠翠理会,又被家中逼着接受那座碾坊,意思还在渡船,因此赌气下行,祖父的死因,又如何与翠翠有关……凡是翠翠不明白的事,如今可都明白了。翠翠把事情弄明后,哭了一个夜晚。"哭了一夜,翠翠长成大人了。迎面而来的,将是什么?

"我平常最会想象好景致,且会描写好景致"(《湘行集·泊缆子湾》)。沈从文对写景可算是一个圣手。《边城》写景处皆十分精彩,使人如同目遇。小说里为什么要写景?景是人物所在的环境,是人物的外化,人物的一部分。景即人。且不说沈从文如何善于写景,只举一例,说明他如何善于写声音、气味:"天快夜了,别的雀子似乎都在休息了,只杜鹃叫个不息。石头泥土为白日晒了一整天,到这时节皆放散一种热气。空气中有泥土气味,有草木气味,且有甲虫气味。翠翠看着天上的红云,听着渡口飘来乡生意人的杂乱的声音,心中有些薄薄的凄凉。"有哪一个诗人曾经写过甲虫的气味?

《边城》的结构异常完美。二十一节,一气呵成;而各节又自成起迄,是一首一首圆满的散文诗。这不是长卷,是二十一开连续性的册页。

《边城》的语言是沈从文盛年的语言,最好的语言。既不似初期那样的放笔横扫,不加节制;也不似后期那样过事雕琢,流于晦涩。这时期的语言,每一句都"鼓立"饱满,充满水分,酸甜合度,像一篮新摘的烟台玛瑙樱桃。

《边城》,沈从文的小说,究竟应该在文学史上占一个什么地位?金介甫在《沈从文传》的引言中说:"可以设想,非西方国家的评论家包括中国的在内,总有一天会对沈从文作出公正的评价:把沈从文、福楼拜、斯特恩、普罗斯特看成成就相等的作家。"总有一天,这一天什么时候来?

一九九二年十月二日

读《萧萧》

我很喜欢这篇小说,觉得它写得好。但是好在哪里,又说不出。我把这篇小说反反复复看了好多遍,看得我的艺术感觉都发木了,还是说不出好在哪里,大概好的作品都说不出好在哪里。我只能随便说说。想到哪里说到哪里。

萧萧这个名字很美。沈先生喜欢给他的小说的女孩子起叠字的名字:三三、夭夭、翠翠。"萧萧"也许有点寓意,让人想到"无边落木萧萧下"。中国妇女的一生,也就像树叶一样,绿了一些时候,随即飘落了。比比皆是,无可奈何。但也许没有什么寓意,只是随便拾取一个名

---

* 初刊于《小说家》一九九一年第一期,初收于北师大版《汪曾祺全集》第五卷。

字。不过是很美的。沈先生给这个女孩子起这样一个美丽的名字，说明他对这个女孩子是很喜欢的，很有感情的。

《萧萧》写的是一个童养媳的故事。提起童养媳，总给人一个悲惨的印象。挨公婆的打骂，吃不饱，做很重的活。尤其痛苦的是和丈夫年龄的悬殊。中国民歌涉及妇女生活最多的是寡妇，其次便是童养媳。守着一个小丈夫，白耗了自己的青春。有的民歌里唱道："不是看在公婆的面，一脚踢你下床去。"有的民歌想到等到丈夫成年，自己已经老了。这是一个极不合理的制度。但是《萧萧》的命运并不悲惨，简直是一个有点曲折的小小喜剧。

萧萧做媳妇时年纪十一岁，有个小丈夫，年纪还不到三岁。十五岁时被一个叫花狗的长工引诱，做了一点糊涂事，怀了孕，被家里知道了，要卖到远处去，但没有主顾。次年二月，萧萧生了一个儿子。生下的既是儿子，萧萧不嫁别处了，到萧萧圆房时，儿子已经十岁了。儿子名叫牛儿。牛儿十二岁也接了亲，媳妇年长六岁。萧萧生了第二个儿子，她抱了才满三月的小毛毛看热闹，同十年前抱丈夫一个样子。萧萧的生活平平常常。这种生活是被许多人，包括许多作家所忽略的。

作为萧萧生活的对比与反衬的，是女学生。小说中屡次提到女学生，这是随时出现，贯彻小说的全篇的。把女学生从小说里拿掉,小说就会显得单薄,甚至就不复存在。女学生牵动所有人物的感情,成为他们生活的重要内容。"女学生这东西,在本乡的确永远是奇闻。""说来事事都稀奇古怪,和庄稼人不同,有的简直还可说岂有此理。""女学生由祖父方面所知道的是这样一种人:她们穿衣服不管天气冷热,吃东西不问饥饱,晚上多到子时才睡觉,白天正经事全不作,只知唱歌打球,读洋书。她们都会花钱,一年用的钱可以买十六只水牛。她们在省里京里想往什么地方去时,不必走路,只要钻进一个大匣子中,那匣子就可以带她到地。城市中还有各种各样的大小不同匣子,都用机器开动。她们在学校,男女在一处上课读书,人熟了,就随意同那男子睡觉,也不要媒人,也不要财礼,名叫'自由'……"祖父对女学生的认识似是而非,是从一个不知什么人的口中间接又间接地得知的,其中有许多他自己的想象,到了萧萧,就把这点想象更发展了。她"做梦也便常常梦到女学生,且梦到同这些人并排走路。仿佛也坐过那种自己会走路的匣子,她又觉得这匣子并不比自己跑路更快。在梦中那匣子的形体同谷仓差不多,里面还有小小灰色老鼠,眼珠子红红的,各处乱跑,有时钻到门缝里去,把个小尾巴露在外边。"在小说中,女学生意味着什么呢?这说明另一世界,另一阶级的人的生活同祖父、萧萧之间,存在多大的反差。女学生成天高唱的"自由"又离他们有多远。

沈先生对女学生的描述是颇为不敬的。这也难怪,脱离农村的现实,脱离经济基础,高喊进步的口号,是没有用的。沈先生在小说中说及这些人时,永远是嘲讽的态度。

这是一个偏僻、闭塞的乡下,如沈先生常说的中国的一角隅。偏僻闭塞并没有直接描写,是通过这里的人对城里人的荒唐想象来完成的。这里还停留在男耕女织,自给自足的自然经济状态(种瓜、绩麻、抛梭子织土机布)。这里的人还没有受到商品经济的影响,孔夫子对他们的影响也不大,因此人情古朴,单纯厚道。

萧萧非常单纯。"她是什么事也不知道,就做了人家的新媳妇了。"过门后,尽一个做姐姐的责任,日夜哄着弟弟(小丈夫)。花狗对她说"我全身无处不大",她还不大懂这话的意思,只觉得惷而好笑。花狗对萧萧"生了另外一种心,萧萧有点明白了,常常觉得惶恐不安"。"平时不知道萧萧所在,花狗就站在高处唱歌逗萧萧身边的丈夫;丈夫小口一开,花狗穿山越岭就来到萧萧面前了。""花狗想方法支使萧萧丈夫到远处去,便坐到萧萧身边来,要萧萧听他唱那使人开心红脸的歌。萧萧有时觉得害怕,不许丈夫走开;有时又像有了花狗在身边,打发丈夫走去反倒好一点。"对农村少女这点微妙心理,作者写得非常精细,非常准确,也非常有分寸。萧萧的恋爱(假如这可叫做恋爱)实无任何浪漫可言。花狗唱了许多歌,到后却向萧萧唱"娇家门前一重坡……",她心里乱了,她要花狗对天赌咒,赌过了咒,"一切好像有了保障",她就一切尽他了。事后,"才仿佛明白自己作了一点不大好的糊涂事"。她怀了孕,花狗逃走了,萧萧对他并没有什么扯不断的感情,只是丈夫常常提起几个月前被毛毛虫蜇手(她做糊涂事那天丈夫被毛毛虫蜇了)的旧话,使萧萧心里难过,她因此极恨毛毛虫,见了那小虫就想用脚去踹。这感情有点复杂,但很难说这是什么"情结",很难用弗洛伊德来解释。

小说里一个活跃人物是祖父。祖父是个有趣人物,除了摆龙门阵学古,就是逗萧萧,几次和萧萧作关于女学生的近乎无意义的扯谈,且喊萧萧不喊"小丫头",不喊萧萧,却唤作"女学生"。在不经意中萧萧答应得很好。祖父是个好心肠的人,他很爱萧萧。

萧萧的伯父是个忠厚老实人。萧萧出事后,祖父想出个聪明主意,请萧萧本族人来说话。萧萧只有一个伯父,去请他时还以为是吃酒。到了才知道是这样丢脸的事,弄得这老实忠厚的家长手足无措。伯父临走,萧萧拉着伯父衣角不放,只是幽幽的哭。"伯父摇了一会头,一句话不说。"寥寥几笔,就把一个老实种田人写出来了。

花狗也很难说是个坏人。他"面如其心,生长得不很正气",但"花狗是男子,凡是男子的美德恶德都不缺少",他"个子大,胆子小。个子大容易做错事,胆量小做了错事就想不出办法"。他把萧萧的肚子弄大了,不辞而行,可以说不负责任,但是除了一走了之,他能有什么办法呢?

沈先生的小说的开头大都很精彩。一个比较常用的方法是用一个峭拔的短句作为一段,引出全篇。如:

把船停顿到岸边,岸是辰州的河岸。(《柏子》)

落了春雨,一共有七天,河水涨大了。(《丈夫》)

《萧萧》也用的是这方法:

乡下人吹唢呐接媳妇,到了十二月是成天会有的事情。

这个起头是反起。先写被铜锁锁在花轿里的新媳妇照例要在里面荷荷大哭,然后一转,"也有做媳妇不哭的人,萧萧做媳妇就不哭。""她又不害羞,又不怕。她是什么事也不知道,就做了人家的新媳妇了。"这样才能衬托出萧萧什么事也不知道。这以后,就是很"顺"的叙述,即基本上是按事情的先后顺序叙述的。这里没有什么"时空交错"。为什么叙述一定要交错呢？时空交错和这种古朴的生活是不相容的。

沈先生是长于写景的，但是这篇小说属于写景的只有一处：

> 夏夜光景说来如做梦。大家饭后坐到院中心歇凉，挥摇蒲扇，看天上的星同屋角的萤，听南瓜棚上纺织娘子咯咯咯拖长声音纺纱，远近声音繁密如落雨，禾花风俏俏吹到脸上……

恬静的，无忧无虑的夏夜。这是萧萧所生活的环境，并且也才适于引出祖父关于女学生的话来。小说对话很少，不多的对话有两段，都是在祖父和萧萧之间进行的。说这是"近乎无意义的扯谈"，是说这些对话无深意，完全没有什么思想，更无所谓哲理，但对表现祖父的风趣慈祥和萧萧的浑朴天真，是很有必要的。并且这烘托出小说的亲切气氛。

小说穿插了三首湘西四句头山歌。这三首山歌在沈先生别的小说里也出现过，但是用在这里很熨帖。

这篇小说的语言是非常、非常朴素的。所有的叙述语言都和环境、人物相协调，尽量不用城里人的语言。比如对萧萧，不用"天真"、"浑浑噩噩"这类的字眼，只是说:"萧萧十五岁时已高如成人,心却还是一颗糊糊涂涂的心。"语言中处处不乏发自爱心的温暖的幽默(照先生的习惯,是"谐趣")。

新媳妇"像做梦一样,将同一个陌生男子汉在一个床上睡觉,做着承宗接祖的事情。这些事想起来,当然有些害怕,所以照例觉得要哭哭,于是就哭了"。

萧萧嫁过了门,……"风里雨里过日子,像一株在园角落不为人注意的蓖麻,大叶大枝,日增茂盛,这小女人简直是全不为丈夫设想那么似的,一天比一天长大起来了。"

"丈夫早断了奶。婆婆有了新儿子,这五岁儿子就像归萧萧独有了。不论做什么,走到什么地方去,丈夫总跟在身边。丈夫有些方面很怕她,当她如母亲,不敢多事。他们俩实在感情不坏。"

家中明白"这个十年后预备给小丈夫生儿子继香火的萧萧肚子已被另一个人抢先下了种。这在一家人生活中真是了不得的一件大事!一家人的平静生活为这件新事全弄乱了。生气的生气,流泪的流泪,骂人的骂人,各按本分乱下去"。这个"各按本分"真是绝妙!

"丈夫知道了萧萧肚子中有儿子的事情,又知道因为这样萧萧才应当嫁到远处去。但是丈夫并不愿意萧萧去。

萧萧自己也不愿意去。大家全莫名其妙。只是照规矩像逼到要这样做,不得不做。"

小说的结尾急转直下,完全是一个喜剧:

> 萧萧次年二月间,十月满足,坐草生了一个儿子,团头大眼,声响洪壮。大家把母子二人,照料得好好的,照规矩吃蒸鸡同江米酒补血,烧纸谢神,一家人都喜欢那儿子。
>
> 生下的既是儿子,萧萧不嫁别处了。
>
> 到萧萧正式同丈夫拜堂圆房时,儿子已经年纪十岁,有了半劳动力,能看牛割草,成为家中生产者一员了。平时喊萧萧丈夫做大叔,大叔也答应,从不生气。
>
> 这儿子名叫牛儿。牛儿十二岁时也接了亲,媳妇年长六岁。媳妇年纪大,方能诸事作帮手,对家中有帮助。唢呐到门前时,新娘在轿中呜呜地哭着,忙坏了那个祖父,曾祖父。

但是,在喜剧的后面,在谐趣的微笑的后面,你有没觉察到沈从文先生隐藏着的悲哀?

一九九〇年九月二十四日

《桃源与沅州》赏析

  沈从文先生一九三四年因事回湘西；一九三七年由北平往昆明，又由湘西转道。两次回乡，各写了一本书。一本《湘行散记》，一本《湘西》。本篇即取自《湘行散记》。《湘行散记》有几篇有人物、有故事，近似小说，如《一个戴水獭皮帽子的朋友》、《一个多情水手和一个多情妇人》、《一个爱惜鼻子的朋友》。这一篇写有关两个地方的见闻和感慨，无具体人物，无故事情节，是一篇纯粹的散文。

  从表面看，这两本书都写得很轻松，笔下不乏幽默谐趣，似乎在和人随意谈天，且时时自己发笑，并不激昂慷慨，但是透过轻松，我们看到作者的心是相当沉重的。这

---

* 原载于《中国现代散文欣赏辞典》（王纪人主编，汉语大辞典出版社一九九〇年版），初收于人民文学版《汪曾祺全集》第十卷。

里有着对家乡的严重的关切,对于家乡人的深挚的同情,乃至悲悯。

桃源并不是"世外桃源"。作者一开头就说"至于住在那儿的人呢,却无人自以为是遗民或神仙,也从不曾有人遇着遗民或神仙"。这地方是沅水边的一个普通的水码头,一个被历史封闭在湘西一角的小城。这里的人是一些普普通通的人,一些渺小、卑贱、浑浑噩噩的人。他们在这里吃饭穿衣,生老病死。在他们的生活上面,总有一层悲惨的影子。

在沈先生的一些以沅水为背景的小说和散文中,经常出现的有两种人:妓女和水手。这篇散文主要说及的也正是这两种人。妓女是旧中国通商码头必不可少的古老职业。桃源的妓女是所谓"土娼"。她们在一些从大城来的"风雅人"眼中是颇具浪漫主义色彩的。"这些人往桃源洞赋诗前后,必尚有机会过后江走走。由朋友或专家引导,这家那家坐坐,烧匣烟,喝杯茶。看中意某一个女人时,问问行市,花个三元五元,便在那龌龊不堪万人用过的花板床上,压着那可怜妇人胸膛放荡一夜。"这些土娼"有病本不算一回事。实在病重了,不能作生活挣饭吃,间或就上街走到西药房去打针,六零六三零三扎那么几下,或请走方郎中配副药,朱砂茯苓乱吃一阵,只要支持得下去,总不会坐下来吃白饭。直到病倒了,毫无希望可言了,就叫毛伙用门板抬到那类住在空船中孤身过日子的老妇人身边去,尽她咽最后那一口气,死去时亲人呼天抢地哭一阵,罄所有请和尚安魂念经,再托人赊购四合头棺木,或借'大加一'买副薄薄板片,土里一埋也就完事了"。这就是一个人的"价值"。

水手呢?小水手上滩时"一个不小心,闪不知被自己手中竹篙弹入乱石激流中,泅水技术又不在行,淹死了,船主方面写得有字据,生死家长不能过问。掌舵的把死者剩余的一点衣服交给亲长,说明白落水情形后,烧几百钱纸手续便清楚了"。这就是一个人的"价值"。

这些话说起来很平静,"若无其事",甚至有点"玩世不恭",但是作家的内心是激动的。越是激动,越要平静,越是平静,才能使人感觉到作者的激动之深。年轻的作者,往往竭力要使读者受到感染,激情浮于表面,结果反而使读者不受感动,觉得作者在那里歇斯底里。这是青年作者易犯的通病。

散文到底有多少种写法?有多少篇散文,就有多少种写法。如果散文有若干模式,散文也就不成其为散文了。不过大体分类,我以为有两种。一种是不散的散文,中心突出,结构严谨,起承转合、首尾呼应,文章写得很规整。这一类散文的作者有意为文,写作时是理智的。他们要表达的是某种"意思",即所谓"载道"。他们受传统古文,尤其是唐宋八大家影响较大。另一种是松散的散文,作者无意为文,只是随便谈天,说到哪里算哪里。章太炎论汪容甫文"起止自在,无首尾呼应之式",沈先生这篇散文的写法属后一种。他要表达的是感情,情尽则止。文章的分段与衔接处极其自由,有时很突兀。如写了一大段乘桃源小划子溯流而上到沅州,看到风致楚楚的芷草,富抒情性,紧接一段却插进城门上一片触目黑色,是党务特派率乡民请愿,尸体被士兵用刺刀钉在城门示众三天所留下的痕迹,实在很出人意料。沈先生的散文,有时也作一些呼应。如本文以风雅的读书人对桃源的幻想开始,最后也以风雅人虚伪的人生哲学作结。不过沈先生的文章断续呼应不那么露痕迹,如章太炎所说:自在。

细心的读者应该注意到沈先生在这篇文章附注的一行小字:"一九三五年三月北平大城中"。注明"北平"也就可以了,为什么要写明"大城中"?我们从这里可以感到沈先生的一点愤慨。沈先生对于边地小人物的同情,常常是从对大城市的上层人物的憎恶出发的。文章有底有面。写出来的是面,没有完全写出来的是底。有面无底,文章的感情就会单薄。这里,对边地小民的同情是面,对绅士阶级的憎恶是底。沈先生的许多小说散文,往往是由对于两种文明的比照而激发出来的。

《常德的船》赏析

沈从文先生逝世后,在遗体告别仪式上,一位新华社记者找到我,希望我用最少的语言概括沈先生的一生。在那种场合下,不暇深思,我只说了两点。一是:沈先生是一个真诚的爱国主义者;二是:他是我所认识的真正甘于淡泊的作家,这种淡泊不仅是一种人的品德,而且是一种人的境界。我应《人民日报》之约写了一篇悼念沈先生的文章,题目是《一个爱国的作家》。我在几篇文章里都提到沈先生是一个爱国主义者。有熟悉沈先生的为人的同志,说这是对沈先生最起码的评价。但是就是这样最起码的评价,也不是至今对沈先生持有偏见的某些现代文学史

＊原载于《中国现代散文欣赏辞典》(王纪人主编,汉语大辞典出版社一九九〇年版),初收于人民文学版《汪曾祺全集》第十卷。

家、评论家所能接受的。

沈先生的爱国主义，我以为，集中表现为两个方面。一是对于祖国文化的热爱，这有他的有关文物的著作为证；一是对故乡的热爱，这有他的许许多多小说散文为证。沈先生写得最多，也写得最好的作品，是以沅水为背景的。一个人如此不疲倦地表现自己的家乡，实在少见。高尔基的伏尔加河，马克·吐温的密西西比河，都不像沈从文的沅水那样魂萦梦绕。《湘西》就是一本有关沅水流域的极其独特的书。

有一个时期，不知是一些什么人，把沈从文和"与抗战无关论"拉在了一起，这真是一件怪事！沈先生的《湘西》写于抗日战争初期。他在《题记》中明明白白地提出："民族兴衰，事在人为"，他正是从民族兴衰角度出发，希望湘西人以及全国人有所作为而写这本书的。他说："我这本小书所写到的各方面现象，和各种问题，虽极琐细平凡，在一个有心人看来，说不定还有一点意义，值得深思！"这样的创作思想是极其入世，极其现实的，怎么能说是"与抗战无关"呢？抗战初期，全国人民都在一种高昂兴奋的情绪中。沈先生这本《湘西》也贯串了一种兴奋情绪，这篇《常德的船》也如此。

说《湘西》是一本极其独特的书，是因为它几乎无法归类。这本书把社会调查、风土志、游记、散文、小说糅合在一起，成为一种新的文体。同样的书，似乎还没有见过。

《常德的船》，这样的题目真是难于措手。似乎用一张大纸，绘制一个"常德船舶一览表"，注明各类船只的形状、特点、用途，也可以了。沈先生没有这样做，而是把各类船只依次罗列，如数家珍，只几笔，就勾画出这些船只的不同"性格"，这就不是任何一览表所能达到的效果了。能把本来应该是枯燥的事说得很生动，是作家的本领。《湘西》里有不少题目看起来都是枯燥的，如《沅陵的人》、《辰溪的煤》，但是都很能引人入胜。这里，作者所取的态度、角度，以及叙述的语调，是起决定作用的。《常德的船》写了船，也写了人，写了船户。"这个码头真正值得注意令人惊奇处，实在也无过于船户和他所操纵的水上工具了。要认识湘西，不能不对他们先有一种认识。要欣赏湘西地方民族特殊性，船户是最有价值材料之一种。"《常德的船》所以能产生强烈的感情力量，是由于作者对人的同情，对人的关心。

作者是本地人，十四岁后在沅水流域上下千里各个地方大约住过六七年，既有浓厚的乡情，又对生活非常熟悉，下笔游刃有余，毫不捉襟见肘，其感人艺术效果，当然不是开几个调查会，口问手写，现趸现卖，率尔操觚所赶制出来的"报告文学"所可比拟。

常德的船户之中也有"辰溪船"，弄船人那样"因闲而懒，精神多显得萎靡不振"的，但给人总的印象是忙碌紧张，生气勃勃。这种"生气"，也可说是抗战初期的"民气"，虽然常德暂时离战地还比较远，船户中也并没有涉及抗战的谈话。

《常德的船》除船户之外也提到当地的一些名人，如丁玲、戴修瓒、余嘉锡，特别是麻阳人塑像师张秋潭。沈先生写家乡的散文，总不忘提及当地杰出的人物，这是中国修志的一个传统，一个好的传统。

《中学生文学精读·沈从文》
前言、题解、注释、赏析

前　言

沈从文是现代中国文学的大师。

他的一生很富于传奇性。

他是凤凰人。凤凰是湘西（湖南西部）一个偏僻边远小城。小城风景秀美，人情淳朴，但是地方很落后野蛮。统治小城的是地方的驻军，他们把杀人不当回事。有时一次可杀五十人，到处都挂的是人头。有时队伍"清乡"（下乡捉土匪），回来时会有个孩子用小扁担挑着两颗人头。这人头也许是他的叔父的，也许就是他的父亲的。沈

＊原载于《中学生文学精读·沈从文》[三联书店（香港）有限公司一九九五年版]，初收于北师大版《汪曾祺全集》第六卷，未收入注释。

先生就在这小城里过了十几年"痛苦怕人"的生活。

沈先生有少数民族血统。《从文自传》里说:"祖父本无子息,祖母为住乡下的叔祖父沈洪芳娶了个苗族姑娘,生了两个儿子,把老二过房作儿子。"这个苗族女人实是沈先生的祖母。沈先生说:"我照血统说,有一部分应属于苗族。"后来沈先生在填写履历表时,在"民族"一栏里填的就是苗族。

也许正是因为他有少数民族血统,对他的成长产生很大影响:身体虽然瘦小,性格却极顽强。

沈先生从小当兵,在沅水边走过很多地方。

"五四运动"的浪潮波及到湘西,沈从文受到民主、自由思想的影响,他想:不成!不能就这样糊里糊涂地活下去。于是一个人冒冒失失地闯进了北京(当时叫北平)。

他小学都没有毕业,连标点符号都不会,就想用一枝笔打出一个天下。他住在酉西会馆(清代以前,各地在北京都有"会馆",免费供进京应试的举子居住)。经常为找点东西"消化消化"而发愁。北京冬天很冷(冷到零下二十几度),沈先生却穿了很单薄的衣裳过冬。没有钱买煤,生不起火,沈先生就用棉被裹着,坚持写作。

他真的用一枝笔打出了天下。从二十年代初到四十年代末,他写出了几十本小说和散文,成了当时在青年中最受欢迎的作家之一。

沈从文热爱家乡,五百里长的沅水两岸的山山水水,在他的笔下是那样秀美鲜明,使人难忘。

他爱家乡人,他爱各种善良真实的人。他从审美的角度看家乡人,并不用世俗的道德观念对他们苛求责备。他说他对农民和士兵怀了"不可言说的温爱"。他写水边的妓女,写多情的水手。他特别擅长写天真、美丽、聪明、纯洁的农村少女,创造了一系列农村少女的形象:三三、翠翠、夭夭、萧萧……。

他的叙述方法是多样的,试验过多种结构式样。可以全篇用对话组成,也可以一句对话也没有。

他是一个文体家。他的语言是很独特的。基本上用的是以普通话为基础的口语,但是掺杂了文言文和方言。他说他的文字是"文白夹杂"。但是看起来很顺畅,并不别扭。有的评论家说这是"沈从文体"。这种"沈从文体"影响了很多青年作家。

一九四九年以后,沈先生忽然停止了写作,转而从事文物研究。他在文物研究上取得很大的成绩,出了好几本书。于是我们得到一个优秀的物质文化史的专家,却失去了一个无与伦比的天才的伟大作家。[1]

汪曾祺
一九九四年七月

《边城》题解

"边城"是边远、偏僻的小城的意思。这里的县治在镇筸，亦称凤凰厅，所以沈先生在履历表上"籍贯"一栏里填的是"湖南凤凰"。有的作家（如施蛰存先生）称沈先生为"沈凤凰"。——以地名作为称呼，表示对这人的倾倒尊敬，这是中国过去的习惯。《边城》所写的小城，地名叫做"茶峒"。

"边城"不只是一个地理概念，它表示这地方离开大城市，离开现代文明都很远。离开知识分子很远，离开当时文学风尚也很远。沈先生当时的文学界"为一些理论家，批评家，聪明出版家，以及习惯于说谎造谣的文坛消息家，通力协作造成一种习气所控制所支配，他们的生活，同时又实在与这个作品所提到的世界相去太远了。他

---

[1] 关于沈先生的转业，我曾写过一篇《沈从文转业之谜》，可参看。

们不需要这种作品,本书也就并不希望得到他们"。沈从文是有意识地和这一些不沾边的。

但是沈先生并不抛弃所有的读者。"我这本书只预备给一些'本身已离开学校,或始终就无从接近学校;还认识些中国字,置身于文学理论、文学批评以及说谎造谣消息所达不到的那种职务上,在那个社会里生活,而且极关心全个民族在空间与时间下所有的好处与坏处'的人去看。他们真知道当前农村是什么,想知道过去农村是什么,他们必也愿意从这本书上同时还知道世界上一小角隅的农村与军人。我所写到的世界,即或在他们全然是一个陌生的世界,然而他们的宽容,他们向一本书去求取安慰与知识的热忱,却一定使他们能够把这本书很从容读下去的"。

"我的读者应是有理性,而这点理性便基于对中国现社会变动有所关心,认识这个民族的过去伟大处与目前堕落处,各在那里很寂寞的从事与民族复兴大业的人。这作品或者只能给他们一点怀古的幽情,或者只能给他们一次苦笑,或者又将给他们一个噩梦,但同时也说不定,也许尚能给他们一种勇气同信心。"

这是理解《边城》的一把钥匙,也是理解沈老其他作品的钥匙。

希望香港的中学同学从《边城》感受、了解他们完全不熟悉的另一世界生活，并且从这个小说里得到一种生活的勇气与信心。

《边城》注释

〔1〕茶峒　"峒"音"洞"。部分少数民族如苗族、侗族、壮族聚居地区的泛称。茶峒因为沈从文小说《边城》出了名，而许多人又不认识这个"峒"字，现在有人干脆把"茶峒"写成了"茶洞"。

〔2〕悖　是违反的意思。

〔3〕黄麂　小型鹿类动物。

〔4〕吊脚楼　房子一半着陆，一半用木柱撑着，上铺木板，悬空在水面，叫做"吊脚楼"。

〔5〕紫花布衣裤　本色的白布，并不是染了紫色图案的布。

〔6〕厘金局　旧中国在水陆关卡设立机关征收商业税，叫做收厘金。这些关卡便称为厘金局。

〔7〕幡信　幡是旗帜，可以传令，故称幡信。

〔8〕双料的美孚灯罩　过去中国点灯用煤油。煤油多

是美孚洋行进口,于是一般人把点美孚煤油的灯叫做"美孚灯"。美孚灯上罩的玻璃灯罩叫"美孚灯罩"。"双料的美孚灯罩"是加厚的。

〔9〕"自己既在粮子里混过日子",即当过兵。过去把"当兵"叫做"吃粮"。

〔10〕傩送 "傩"音"挪"。古时驱逐疫鬼的仪式。"大傩"是驱鬼逐疫的舞蹈,源于原始巫舞。湘西人信巫,对傩神很崇拜。"傩送"表示这是傩神送来的儿子,一定会得到傩神的保佑,诸事顺遂。

〔11〕岳云 岳飞的儿子,地方戏的岳云扮相很英俊。

〔12〕梁红玉老鹳河水战擂鼓 韩世忠阻击金兵,梁红玉擂鼓助战,实在黄天荡,不在老鹳河。沈先生此处是误记。又此句字序似有小误。

〔13〕牛皋水擒杨幺 事见小说《精忠说岳传》。

〔14〕本篇的引文都摘自《边城题记》。

〔15〕"摆渡的张横" 张横是《水浒传》里的人物,外号"浪里白条"。[1]

〔16〕洛阳桥并不是一个晚上造得好的 洛阳桥一称"万安桥",在福建省泉州市东北同惠安县交界的洛阳

---

[1] 《水浒传》中张横外号"船火儿"。"浪里白条"张顺是张横的弟弟。——编者注

江上。由北宋政治家蔡襄主持修建，历时六年始告竣工（一○五三——○五九）。关于这座桥有许多传说故事。

〔17〕穿了自家机布汗褂　"家机布"是自己家用机织的白布。

〔18〕虎耳草　多年生草本，有匐枝，全株有细毛。叶沿地丛生，状如心，下面紫红色。供观赏。

〔19〕"王祥卧冰"、"黄香扇枕"　这是"二十四孝"里的故事。王祥的母亲病了，冬天想吃鱼，王祥就脱光了衣服卧在冰上，冰化了，跳出了一对鲤鱼。王祥的母亲喝了鱼汤，病就好了。黄香的父亲怕热，黄香就在父亲睡觉之前，用扇子把枕头扇凉。一说是黄香躺在席子上让蚊子咬。蚊子吸饱了血，就不会再咬他的父亲了。

〔20〕下塟　塟音四，是埋棺的坑。

《边城》赏析

《边城》可以说是沈先生的代表作。

故事很简单。

茶峒有一个渡口，渡口有一条渡船。渡船不用篙桨，船头竖了一枝小竹竿，挂着一个可以活动的铁环，溪岸两端水面横牵了一段竹缆，有人过渡时把铁环挂在竹缆上，船上人就引手攀缘那条缆索，慢慢的牵船过对岸去。管理渡船的是一个老人。老人身边有一个孙女，叫翠翠，还有一只黄狗。

镇篁有个管水码头的，名叫顺顺。顺顺有大小四只船，日子过得很宽绰。他仗义疏财，乐于助人。河边船上有一点小小纠纷，得顺顺一句话，即刻就解决了。因此很得人望，名声很好。

顺顺有两个儿子，老大叫天保，老二叫傩送。一个十八岁，一个十六。

两兄弟都喜欢弄船老人的孙女翠翠。

翠翠爱二老，不爱大老。

大老因为得不到翠翠的爱，负气坐船往下水去。船到险滩搁在石包子上，大老想把篙子撇着，人就弹到水里去。

大老淹坏了，二老傩送觉得大老是因为翠翠死的，心里有了障碍。

他还是爱翠翠的。在和父亲拌了两句嘴之后，也坐船下行了。

大雷雨之夜，弄船的老爷爷死了。

二老还不回来。

"这个人也许永远不回来了,也许'明天'回来!"

这是一个爱情故事,但是写得很含蓄,很纯净,很清雅。

小说生活气息很浓,不断穿插许多过端午、划龙船、追鸭子、新娘子、花轿等等细节,是一幅一幅的湘西小城的风俗画。甚至粉丝、红蜡烛……都呈现出浓郁的色彩。

沈从文是写景的圣手。他对景色似乎有一种特殊的记忆能力。他说:"我想把我一篇作品里所简单描绘过的那个小城,介绍到这里来。这虽然只是一个轮廓,但那地方一切情景,欲浮凸起来,仿佛可用手去摸触"(《从文自传·我所生长的地方》)。如:

> ……若溯流而上,则三丈五丈的深潭皆清澈见底。深潭为白日所映照,河底小小白石子,有花纹的玛瑙石子,全看得明明白白。水中游鱼来去,全如浮在空气里。两岸多高山,山中多可以造纸的细竹,长年作深翠颜色,逼人眼目。近水人家多在桃杏花里,春天时只需注意,凡有桃花处必有人家,凡有人家处必可沽酒。夏天则晾晒在日光下耀目的紫花衣裤,可以作为人家所在的旗帜。秋冬来时,房屋在悬崖上的,滨水的,无不朗然入目。黄泥的墙,乌黑的瓦,与四周环境极其调和,使人迎面得到的印象,实在非

常愉快。

沈先生不是一个工笔重彩的肖像画家,不注意刻画"性格",他写人,更注重人的神态、气质。如写翠翠:

> 翠翠在风日里长养着,把皮肤变得黑黑的,触目为青山绿水,一对眸子清明如水晶。自然既长养她且教育她,为人天真活泼,处处俨然如一只小兽物。人又那么乖,如山头黄麂一样,从不想到残忍事情,从不发愁,从不动气。平时在渡船上遇陌生人对她有所注意时,便把眼睛瞅着那陌生人,作成随时皆可举步逃入深山的神气,但明白了人无机心后,就又从从容容在水边玩耍了。

《边城》是"二十一开"淡设色册页,互相连续,而又自为首尾,各自成篇的抒情诗。这种结构方法比较少见。这是现代中国难得一见的牧歌。沈先生说这篇故事中"充满了五月中的斜风细雨,以及那点六月中夏雨欲来时闷人的热和闷热中的寂寞"。我们还可以说这里充满了春秋两季的飘飘忽忽的轻云薄雾。《边城》是一把花,一个梦。

《牛》题解

这是一篇写人与牛的关系的小说。

大牛伯在荞麦田里为一点小事生了他的心爱的小牛的气,用榔槌不知轻重地打了小牛的后脚一下,把牛脚打坏了,牛脚瘸了,不能下田拉犁。

牛脚不好,大牛伯只好放小牛两天假,让它休息休息,玩两天。

可是田里的活耽误不得。五天前刚下过一阵雨,田里的土都酥软了,天气又很好,正是犁田的好时候。

大牛伯到两里外场集上找甲长,——这甲长既是地方小官,也是本地牛医。偏偏甲长接到通知,要叫他办招待筹款,他骑上马走了。

大牛伯打听到十里远近得虎营有个师傅会治牛病,就去专诚去请。这位名医给小牛用银针扎了几针,把一些草药用口嚼烂,敷到扎针处,把预许的一串白铜制钱扛到肩上,走了。

小牛的脚不见好。

大牛伯就去向有牛的人家借牛用两三天,人家都不借。

大牛伯只好到附近庄子里去请帮工,用人力拖犁。两个帮工,加上大牛伯自己,总算趁好天气把土翻好了。

到第四天,小牛的脚好了,可以下田了。大牛伯因为顾恤到小牛的病脚,不敢悭吝自己的力气;小牛也因为顾虑主人的缘故,特别用力气只向前奔。他们一天耕的田比用人工两倍还多。

《牛》注释

〔1〕荞麦　一年生草本农作物,叶戟形,花白色或淡红色,结实三棱卵圆形,磨粉可擀面条或压饸饹,爽滑耐饥。名为麦,实非麦类。

〔2〕榔槌　木质的槌,一般打草鞋槌软稻草时用。

〔3〕簟(diàn)　晒谷物用的粗竹席。

〔4〕腰门　南方有些地方农村在大门外边还有两扇只有半截的门,叫做"腰门"。

〔5〕印子钱　旧中国的一种高利贷。放债人以高利放出贷款,限借债人分期偿还,每次偿款都在预立的折子上加盖一印,故名"印子钱"。

《牛》赏析

除几个穿插性的角色,这篇小说只有两个"人物",大牛伯和他的小牛。这头小牛是通人性的。它对大牛伯有很深的感情。它尽力地为大牛伯犁田。他们的思想感情是可以交流的。大牛伯的心思,小牛完全体会得到。它跟大牛伯说话,用它的水汪汪的大眼睛。他们真是莫逆无间。

牛会做梦。

> 这牛迷迷糊糊时就又做梦,梦到它能拖了三具犁飞跑,犁所到处土皆翻起如波浪,主人则站在耕过的田里,膝以下皆为松土所掩,张口大笑。

大牛伯会同时和小牛做梦。

> 当到这可怜的牛做着这样的好梦时,那大牛伯是也在做着同样的梦的。他只梦到用四床大晒谷簟铺在坪里,晒簟上新荞堆高如小山。抓了一把褐色荞子向太阳下照,荞子在手上皆放乌金光泽。那荞就是今年的收成,放在坪里过斛上仓,竹筹码还是从甲长处借来的,一大捆丢到地下,哗的响了一声。而那参预这收成的功臣,——那只小牛,就披了红站在身边,他于是向它说话,神气如对多年老友。他说,"伙计,今年我们好了。我们可以把围墙打一新的了;我们可

以换一换那两扇腰门了;我们可以把坪坝栽一点葡萄了;我们……"他全是用"我们"的字言,仿佛这一家的兴起,那牛也有分,或者是光荣,或者是实际。他于是俨然望到那牛仍然如平时样子,水汪汪的眼睛中写得有四个大字:"完全同意"。

小牛对大牛伯提出的意见,总是表示"好商量"。大牛伯梦到牛栏里有四只牛,就大声告给"伙计"说:

"伙计,你应该有个伴才是事。我们到十二月再看吧。"

伙计想十二月还有些日子就点点头,"好,十二月吧。"

小说把小牛人化了,因此就有颇浓的童话色彩。这童话色彩其实是丰富的人情。

小说的语言带喜剧色彩,这是大牛伯的善良幽默的性格所致。比如:

见到主人,主人先就开口问他是不是把田已经耕完。他告主人牛生了病,不能做事。主人说,"老汉子,你谎我。耕完了就借我用用,你那小黄是用木榔槌在背脊骨上打一百下也不会害病的。"

"打一百下?是呀,若是我在它背脊骨上打一百下,它仍然会为我好好做事。"

"打一千下？是呀也挨得下，我算定你是捶不坏牛的。"

"打一千下？是呀，……"

"打两千下也不至于……"

"打两千下，是呀，……"

说到这里两人都笑了，……

这样的时候，还能这样的说笑，中国农民的承受弹力真了不起！他们不是小小的挫折可能压垮的。

一切本来是很顺利，很圆满的。小牛的脚好了，荞麦田耕出来了，看样子十二月真可能给小牛找个伴，可是故事却来了个出人意料的结尾：到了十二月，荡里所有的牛全被衙门征发到一个不可知的地方去了，大牛伯只有成天到保长家去探询一件事可做。顺眼中望到自己屋角的大榔槌，就后悔为什么不重重的一下把那畜生的脚打断。

这就是中国的农民。他们没有自己的财产权，衙门中可以任意征用农民的耕牛，只要一句话！

小说的结尾是悲剧。因为前面充满童话色彩，喜剧色彩，就使得这悲剧让人感到格外的沉痛。

《丈夫》题解

题目是《丈夫》，别有意味。为什么是"丈夫"？因为这是一个有点特别的丈夫。这不是娶了老婆居家过日子的丈夫。这是从事"古老职业"的女人——妓女的丈夫。

湘西水上的妓女有两种，一种是在吊脚楼上做"生意"的。长期的包占也可以，短时间的"关门"也可以。"婊子爱钞"，对到楼上来烧烟胡闹的川东客人，常常会掏空他们的荷包，但对有情有义的水手，则银钱就在可有可无之间了。《柏子》所写的便是这种妓女。这种妓女的爱是强烈的，美丽的。一种，是在船上做"生意"的，这种船被称为"花船"。

> 船上人，她们把这件事也像其余地方一样，这叫做"生意"。……她们从乡下来，从那些种田挖园人家，离了乡村，离了石磨和小牛，离了那年青而强健的丈夫，跟随到一个熟人，就来到这船上做生意了。

> ……事情非常简单，一个不亟亟于生养孩子的妇人，到了城里，能够每月把从城里两个晚上所得的钱，送给那在乡下诚实耐劳种田为生的丈夫处去，在那方面就可以过了好日子，名分不失，利益存在，所以许多年青的丈夫，在娶妻以后，把妻送出来，自己

留在家里耕田种地安分过日子，也竟是极其平常的事。

然而这毕竟不是平常的事。有的丈夫不要过这样的生活，不要当这样的"丈夫"！他们的心不平静。照现在流行的说法：他们觉得很"失落"。

这篇小说写的就是一个丈夫的"失落"。

《丈夫》注释

〔1〕灯笼子认不得人　灯笼子，子弹的暗语。

〔2〕孤王酒醉桃花宫，韩素梅生来好貌容　开一九三〇年在《小说月报》上发表时本无此二句，这是一九五七年校改时加上的。这是刘鸿声唱的京剧《斩黄袍》里的唱词。湖南地方戏（湘剧、花鼓戏）有没有《斩黄袍》这出戏、戏里有没有"孤王酒醉桃花宫"这样的唱词，待考。不过刘鸿声的《斩黄袍》当时唱得很红，全国各地爱哼哼京剧的人都会唱这两句，那两个喝醉了的兵痞子唱这两句风行一时的京剧，是有可能的。沈先生在北京住了很久，正是刘鸿声大红的时候，街头巷尾听熟了这两句《斩黄袍》，以致写进小说，也是可能的，正如同鲁迅把"先帝爷白帝城

叮咛就"(《空城计》唱词)写进小说里一样。

〔3〕归一　一切准备妥当,叫做"归一",西南诸省都有此说法。

《丈夫》赏析

这些丈夫逢年过节有时会从乡下来到城里,见见自己的媳妇,好像走一趟远亲。

有一个丈夫(不知道他叫什么名字)从乡下来看他的媳妇,媳妇名叫老七。

丈夫在船上只住了两天,可是在这两天内,一个乡下男人的感情历程是复杂的。

夫妻的感情是和睦的,也不缺少疼爱。见了面,老七就问起"上次的五块钱得了没有","我们那对小猪生儿子没有"这一类的家常话。丈夫特为选了一坛特大的栗子送来,因为老七爱吃这个。丈夫有口含冰糖睡觉的习惯,老七在接客过程中还悄悄爬进丈夫睡觉的后舱,在他嘴里塞一片冰糖……

但是丈夫对这样的生活很不习惯。

首先是媳妇变了样:大而油光的发髻,用小镊子扯成的细细眉毛，脸上的白粉同绯红的胭脂，以及那城市里人神气派头，城市里人的衣裳，都一定使从乡下来的丈夫感到极大的惊讶，有点手足无措。

晚上，来了客（嫖客），喝过一肚子烧酒，摇摇荡荡的上了船。一上船就大声的嚷，要亲嘴要睡。于是这丈夫不必指点，也就知道怯生生的往后舱钻去，躲在那后梢舱上去低低的喘气。

来了一个大汉，是"水保"，老七的干爹。这水保对丈夫发生了兴趣，和他东拉西扯地扯了许多闲话。这水保和气得很，但是临行时却叫他告诉老七："告她晚上不要接客，我要来。"

"他记忆得到那嘱咐，是当到一个丈夫面前说的！"该死的话，是当到一个丈夫面前说的！

两个喝得烂醉的兵上了船，大呼小叫撒酒疯，连领班的大娘也没有办法。老七急中生智，拖着醉兵的手，安置在自己的大奶上。醉鬼这才安静了下来。

半夜里，水保领着四个武装警察来查船了（他们是来查"歹人"的）。查完了，一个警察回来传话："你告老七，巡官要回来过细考察她一下。"

丈夫不明白：为什么巡官还要回来考察老七。

丈夫是年青强健的男人，当然会有性的欲望。

老七有意的在把衣服解换时,露出极风情的红绫胸褡。老七也真不好,你干嘛逗丈夫的"火"!

丈夫愿意同老七在床上说点家常私话,商量件事情,就傍床沿坐定不动。

大娘像是明白男子的心事,明白男子的欲望,也明白他不懂事,故只同老七打知会,"巡官就要来的!"

老七咬着嘴唇不作声,半天发痴。

男子一早起就要走路。"干爹"家的酒席也不想去吃,夜戏也不想看,"满天红"的荤油包子也不想吃。

一定要走了,老七很为难,走出船头呆了一会,回身从荷包里掏出昨晚上那兵士给的票子,又向大娘要了三张,塞到男子手心里去。

男子摇摇头,把票子撒到地上去,像小孩子那样莫名其妙地哭起来。

这个丈夫为什么要哭?他这两天受了很大的屈辱,他的感情受了极其严重的伤害。他是个男人,是个丈夫,是个人。他有他的尊严,他的爱。有的评论家说:这篇小说写的是人性的回归。可以同意。

这篇小说的结尾非常简单:

  水保来船上请远客吃酒,只有大娘同五多在船上。问到时,才明白两夫妇一早都回转乡下去了。

一个非常耐人寻味的结尾。

《贵生》题解

这篇小说写的是命运。

贵生是一个单身汉子，以砍柴割草为生，活得很硬朗自重。他常去城里卖柴卖草，就把钱换点应用东西。他买了猪头，挂在柴灶上熏干。半夜里点了火把，用镰刀砍了十几条大鲤鱼，也揉了盐风得干干的。"两手一肩，快乐神仙。"

桥头有一个浦市人姓杜的开的小杂货铺。杂货铺的地点很好。门外有三棵大青树，夏天特别凉快。冬天在亭子里烧了树根和油枯饼，火光熊熊，引得过路人一边买东西，一边就火边抽烟谈话，杜老板人缘很好。

贵生常到小铺里来坐坐，和铺子里大小都合得来。杜老板有个女儿名叫金凤。贵生对金凤很好。山上多的是野生瓜果，栗子榛子不出奇，三月里给她摘大莓，八九月还有本地特有的，样子像干海参，瓤白如玉如雪的八月瓜，尤其逗那女孩子喜欢。

杜老板有心把金凤许给贵生，招婿上门，影影绰绰，旁敲侧击地和贵生提过。贵生知道杜老板是在装套子捉女婿,但是拿不定主意是不是往套子里钻。贵生有点迷信:女的脸儿红中带白,眉毛长,眼角向上飞,是个"剋"相,不剋别人得剋自己,到十八岁才过关。金凤今年满十六岁,贵生往后退了一步,决定暂时不上套。

但是他又想,一切风总不会老向南吹,不定什么时候杜老板改变主意,也说不定一个贩运黄牛、水银的贵州客人会把金凤拐走,这件事还得热米打粑粑,得快。贵生上街办了一点货,准备接亲。

这一带二里之内的山头都归张家管业。山上种着桐子树。张家非常有钱,两弟兄——四老爷、五老爷都极其荒唐。四爷好嫖,把一个实缺旅长都嫖掉了。五爷好赌,一夜能输几百上千大洋。四爷劝五爷,不能这样老输,劝他弄一个"原汤货"冲一冲晦气。

桐子熟了,四爷、五爷带着长工伙计上山打桐子。

回来的时候路过杜家铺子,进去坐坐,四爷一眼看见金凤,对五爷说:"眉毛长,眼睛光,一只画眉鸟,打雀儿!"

五爷要娶金凤做小。

贵生听到别人议论,好像挨了一闷棍。

他问杜老板:"听说你家有喜事,是真的吧?"

他去找金凤,金凤正在桥下洗衣。他见金凤已经除了孝(她原来戴着娘的孝),乌光的大辫子上插了一朵小红花。一切都完了。

半夜里,忽然围子里的狗都狂叫起来,天边一片红,着火了。有人急忙到围子里来报信:桥头杂货铺烧了;贵生的房子也走了水。一把火两处烧,十分蹊跷。

鸭毛伯伯心里有点明白:火是贵生放的。

贵生一肚子怨气,他只有用这个办法来泄愤。

鸭毛回头见金凤哭着,心里说:"丫头,做小老婆不开心?回去一索子吊死了吧,哭什么!"

鸭毛对金凤的责备有欠公平。金凤曾经对贵生说过:"什么四老爷、五老爷,有钱就是大王,糟蹋人,不当数……"她今天就被糟蹋了!这事大概是老子做的主,但从辫子上的那朵小红花,可以想见她是点了头的。你叫她有什么办法呢?一只眉毛长,眼睛光的画眉鸟,在这二里内,是逃不出老爷的手心的!

《贵生》注释

〔1〕王大娘补缸匠 《锯大缸》是一出武打神怪戏。旱

魈化为王大娘,取死人噎食罐化为黄磁缸,用以抵御雷劫。后为巨灵神撞裂。王大娘找人补缸。观音乃遣土地幻化为补缸匠人,假作修锯,故意将王大娘的缸打破。

〔2〕卖柴耙的程咬金 故事见《隋唐演义》,程咬金没有发迹的时候,曾靠卖柴耙(此字正写应作"笆")为生,此剧即演此事。

〔3〕油枯饼 油料植物的子实,经榨油后剩下的残渣,一般成饼状。

〔4〕塍 田地间较宽的路界,这是湖南特有的说法。

〔5〕花骨头迷心 花骨头指麻将牌。但这位五老爷是什么牌都赌的。如"字牌"是纸质的,并非"花骨头"。

〔6〕〔7〕"挂衣"、"开苞",都是花钱使妓女第一次接客的意思。

〔8〕杜鹃和竹雀鸣叫声——作者注。

《贵生》赏析

这是一个悲剧,但沈先生有意写得很轻松。

贵生是一个知足的人,活得无忧无虑。他认为什么都很有意思。土坎上的芭茅草开着白花,在风里摇,仿佛向人招手,说:"来,割我,乘天气好磨快你的刀,快来割我,挑进城里去,捌百钱担,换半斤盐好,换一斤肉也好,随你的意!"

贵生打算结亲了,他做了一点简单而又平常的梦:把金凤接过来,他帮她割草喂猪,她帮他在桥头打豆腐。就是这点简单平常的梦,也被五老爷打破了。

这篇小说的特点是人物比较多,对话也比较多。长工、仆人一边喝酒,一边闲聊。他们所说的话题除了一些关于新娘子出嫁的一些粗俗笑话之外,主要是对"命"的看法。四爷的狂嫖,五爷的滥赌,他们都认为是命里带来的。鸭毛伯伯对"命"有一番精辟议论:"花脚狗不是白面猫,各有各的脾气。银子到手哗喇哗喇花,你说莫花,这哪成!这些人一事不作偏有钱,钱财像是命里带来的。命里注定它要来,门板挡不住;命里注定它要去,索子链子缚不住。……你我是穷人,和黄花姑娘无缘,和银子无缘,就只和酒有点缘分。我们喝了这碗酒,再喝一碗罢。"

这些长工佣人不明白他们的命为什么不好,这是谁造成的,能不能把自己的命改变改变,怎样改变?

抒情考古学

——为沈从文先生古代服饰研究三十周年作

研究文物和写小说，在沈从文先生身上是并行不悖的，甚至可以说是一回事，他很早就对文物产生极大的兴趣，他年轻时曾在一个统领官身边作书记（文书）。除了为这位统领官抄录文稿，还帮他保管他所收藏的字画、碑帖、铜器、瓷器。沈先生在自传里说："我从这方面对于这个民族在一段长长的年份中，用一片颜色，一把线，一块青铜或一堆泥土，以及一组文字，加上自己生命作成的种种艺术，皆得了一个初步普遍的认识。由于这点初步认识，使一个以鉴赏人类生活与自然现象为生的乡下人，进而对于人类智慧光辉的领会，发生了极宽泛而深切的兴

---

* 初刊于一九九四年七月十四日《北京晚报》，初收于人民文学版《汪曾祺全集》第十卷。

味。"(《学历史的地方》)

这种兴味与日俱增,终生不舍。沈先生从一个作家转业成为文物专家,世界上有很多人觉得奇怪,其实也不奇怪。几十年来,他对文物鉴赏习染已深,掉进文物,再也拔不出来了。

沈先生的治学精神首先是非常执着,非常专心。金岳霖先生曾说沈先生揪住什么东西就不轻易放过。有时为了弄清楚一个问题,一坐下去就是十几个小时。在历史博物馆钻在库房里看资料,下班时还不出来,几次被工友锁在里面——工友以为库房里已经没有人了。

沈先生笔头很勤。他的记性极好,但还是随时作了很多笔记、卡片。我曾经借阅过他的一本《中国陶瓷史》,他在这本书的天头、地脚、页边密密麻麻地写满了蝇头小楷批注,还贴了很多字条。他作的批注比书的正文还要多。沈先生看过的书,每一本都留下他的笔迹。他作的这些笔记对后学者都是有用的,都很有价值。

沈先生研究问题,是把文物和文献联系起来研究的。不像古董商人只是注重釉彩、纸质、印章,也不像一些专家不接触实物,只熟悉文字资料,"以书说书"。

沈先生可以说是文物学的一个通人,他对文物的方方面面都有兴趣:青铜器、漆器、瓷器、丝绸、刺绣、服饰、镜子、扇子、胡子，乃至古代的马戏。他注意一时期文物的相互影响。他常说："凡事不孤立，凡事有联系。"

沈先生治文物常于小处入手，而于大处着眼，既重微观，也重宏观。他总是把文物和当时的社会生活联系起来，把文物放在一定的历史背景上来考察。文物是物，但是沈先生能从"物"中看出"人"。他所关心的不只是花花朵朵、坛坛罐罐，而是人。我曾戏称沈先生所从事的是"抒情考古学"。在他八十岁时，我曾写了一首诗送给他，有两句是："玩物从来非丧志，著书老去为抒情。"在文物面前，与其说沈先生是一个学者，不如说他是一位诗人。正因为他是诗人，才能在文物研究上取得这样大的成绩。

沈先生的两位助手，王㐨和王亚蓉，在治学的态度和方法上都受了沈先生很深的影响。他们为了考察江陵楚墓，整天跪在邦硬的地上，以致两个人的膝盖都长了趼子。这样顽强的精神，也真有点诗人气质。

沈从文先生的"抒情考古学"
——《中国古代服饰研究》读后感

我跟沈先生学过写作,没有跟他学过文物,对他在文物方面的工作不了解,只能谈一点感想。

我曾经戏称沈先生的文物研究是"抒情考古学"。他八十岁生日,我写过一首诗送给他,其中有一联是:

玩物从来非丧志,

著书老去为抒情。

诗欠庄肃,但却是我的真实感受。沈先生一生截然分为两段,前一段是作家,写了四十本小说、散文;后一段,一九四九年以后,忽然变成一个文物专家。这在世界文学史上也许是一个孤例。事似奇怪,也不奇怪。从我认识沈先生时,他就对美术、工艺有非常深厚的兴趣。他

---

* 未竟稿,据手稿排印,初收于人民文学版《汪曾祺全集》第十卷。

看有关工艺美术书的时间要比看文学书多。涉猎的范围很广，陶瓷、髹漆、丝绸、刺绣……什么都看。《铁网珊瑚》、《平生壮观》之类的书是经常放在案头的。他爱搜集各式各样的花钱不多的小件文物。昆明有一条福照街，一条文明街，街边有很多地摊，乱七八糟的小玩意很多。我每次陪他进城，他都要逛逛这些地摊，蹲在发着臭气的电石灯前觅宝。人弃我取，孜孜以求，时有所得，欣然携回宿舍，拂拭摩挲，自得其乐，高兴好几天，还特别喜欢让人看他架上的宝贝。有一阵搜集了很多耿马漆盒。这种漆盒竹胎，涂红黑漆，刮出极繁复细巧的花纹，原来大概是放脂粉的妆奁。有一回买到一个直径一尺多的大漆盒，用手抚摸着说："这可以做一期《红黑》的封面。"有一阵搜集了不少乾隆旧纸，足够编出一本纸谱。不知从什么地方搞到一批土家族、苗族的挑花，摊在宿舍里的床上、茶几上，叫朋友来看。这种挑花只是在手织的粗棉布上用黑色、蓝色的棉线挑出来的，间或加两朵红线挑的花，图案天真，疏密安排有致，确实很美。他有一床被面，是用一条旧的绣花裙子改成的，银灰色，也富丽，也清雅。沈先生在精美的工艺品面前总是很兴奋激动，手舞足蹈，眼睛放光，像一个孩子。他对文物的爱，实是对于人的爱。想到人能造出这样美的东西，因此才激动。他说："我从这方面对于这个民族在一段长长的年分中，用一片颜色，一把线，一块青铜或一堆泥土，以及一组文字，加上自己生命作成的种种艺术，皆得了一个初步普遍的认识。由于这点初步知识，使一个以鉴赏人类生活与自然现象为生的乡下人，进而对人类智慧光辉的领会，发生了极宽泛而深切的兴味。"（《从文自传·学历史的地方》）沈先生是一个非常富于抒情气质的人。奇怪的是，他的抒情气质，他对民族，对人类，对"美"的挚爱一直不衰退，而且老而弥笃，越来越炽热，这种炽热的挚爱支持着他，才会在晚年在文物研究上作出巨大的贡献。一个文物研究者必须具备这点抒情气质，得是一个诗人。一个没有感情，冷冰冰的人是搞不好文物研究的。

……

七载云烟

天地一瞬

我在云南住过七年,一九三九——一九四六年。准确地说,只能说在昆明住了七年。昆明以外,最远只到过呈贡,还有滇池边一片沙滩极美,柳树浓密的叫做斗南村的地方,连富民都没有去过。后期在黄土坡、白马庙各住过年把二年,这只能算是郊区。到过金殿、黑龙潭、大观楼,都只是去游逛,当日来回。我们经常活动的地方是市内。市内又以正义路及其旁出的几条横街为主。正义路北起华山南路,南至金马碧鸡牌坊,当时是昆明的贯通

---

* 初刊于《中国作家》一九九四年第四期,初收于北师大版《汪曾祺全集》第六卷。

南北的干线,又是市中心所在。我们到南屏大戏院去看电影,——演的都是美国片子。更多的时间是无目的地闲走,闲看。

我们去逛书店。当时书店都是开架售书,可以自己抽出书来看。有的穷大学生会靠在柜台一边,看一本书,一看两三个小时。

逛裱画店。昆明几乎家家都有钱南园的写得四方四正的颜字对联。还有一个吴忠荩老先生写的极其流利但用笔扁如竹篾的行书四扇屏。慰情聊胜无,看看也是享受。

武成路后街有两家做锡箔的作坊。我每次经过,都要停下来看做锡箔的师傅在一个木墩上垫了很厚的粗草纸,草纸间衬了锡片,用一柄很大的木槌,使劲夯砸那一垛草纸。师傅浑身是汗,于是锡箔就槌成了。没有人愿意陪我欣赏这种槌锡箔艺术,他们都以为:"这有什么看头!"

逛茶叶店。茶叶店有什么逛头?有!华山西路有一家茶叶店,一壁挂了一副嵌在镜框里的米南宫体的小对联,字写得好,联语尤好:

静对古碑临黑女

闲吟绝句比红儿

我觉得这对得很巧,但至今不知道这是谁的句子。尤其使我不明白的,是这家茶叶店为什么要挂这样一副对子?

我们每天经过,随时往来的地方,还是大西门一带。大西门里的文林街,大西门外的凤翥街、龙翔街。"凤翥"、"龙翔",不知道是哪位擅于辞藻的文人起下的富丽堂皇的街名,其实这只是两条丁字形的小小的横竖街。街虽小,人却多,气味浓稠。这是来往滇西的马锅头卸货、装货、喝酒、吃饭、抽鸦片、睡女人的地方。我们在街上很难"深入"这种生活的里层,只能切切实实地体会到:这是生活!我们在街上闲看。看卖木柴的,卖木炭的,卖粗瓷碗、卖砂锅的,并且常常为一点细节感动不已。

但是我生活得最久,接受影响最深,使我成为这样一个人,这样一个作家,——不是另一种作家的地方,是西南联大,新校舍。

骑了毛驴考大学

万里长征,
辞却了五朝宫阙。
暂驻足,
衡山湘水,

又成离别,

绝徼移栽桢干质,

九州遍洒黎元血。

尽笳吹弦诵在山城,

情弥切……

——西南联大校歌

日寇侵华,平津沦陷,北大、清华、南开被迫南迁,组成一个大学,在长沙暂住,名为"临时大学"。后迁云南,改名"国立西南联合大学",简称"西南联大"。这是一座战时的,临时性的大学,但却是一个产生天才,影响深远,可以彪炳于世界大学之林,与牛津、剑桥、哈佛、耶鲁平列而无愧色的,窳陋而辉煌的,奇迹一样的,"空前绝后"的大学。喔,我的母校,我的西南联大!

像蜜蜂寻找蜜源一样飞向昆明的大学生,大概有几条路径。

一条是陆路。三校部分同学组成"西南旅行团",由长沙[1]出发,走向大西南。一路夜宿晓行,埋锅造饭,过的完全是军旅生活。他们的"着装"是短衣,打绑腿,布

---

[1] 初刊本、初版本"长沙"为"北平"。据史实"湘黔滇旅行团"由长沙出发,历时六十八天,行程约三千五百里。下文也提到"全程三千五百里",故"北平"或为初刊时所误。——编者注

条编的草鞋，背负薄薄的一卷行李，行李卷上横置一把红油纸伞，有点像后来的大串联的红卫兵。除了摆渡过河外，全是徒步。自长沙至昆明，全程三千五百里，算得是一个壮举。旅行团有部分教授参加，闻一多先生就是其中之一。闻先生一路画了不少铅笔速写。其时闻先生已经把胡子留起来了，——闻先生曾发愿：抗战不胜，誓不剃须！

另一路是海程。由天津或上海搭乘怡和或太古轮船，经香港，到越南海防，然后坐滇越铁路火车，由老街入境，至昆明。

有意思的是，轮船上开饭，除了白米饭之外，还有一箩高粱米饭。这是给东北学生预备的。吃高粱米饭，就咸鱼、小虾，可以使"我的家在东北松花江上"的流亡学生得到一点安慰，这种举措很有人情味。

我们在上海就听到滇越路有瘴气，易得恶性疟疾，沿路的水不能喝，于是带了好多瓶矿泉水。当时的矿泉水是从法国进口的，很贵。

没有想到恶性疟疾照顾上了我！到了昆明，就发了病，高烧超过四十度，进了医院，医生就给我打了强心针（我还跟护士开玩笑，问"要不要写遗书"）。用的药是606，我赶快声明：我没有生梅毒！

出了院，晕晕惚惚地参加了全国统一招生考试。上帝保佑，竟以第一志愿被录取，我当时真是像做梦一样。

当时到昆明来考大学的，取道各有不同。

有一位历史系学生[1]姓刘的同学是自己挑了一担行李，从家乡河南一步一步走来的。这人的样子完全是一个农民，说话乡音极重，而且四年不改。

有一位姓应的物理系的同学，是在西康买了一头毛驴，一路骑到昆明来的。此人精瘦，外号"黑鬼"，宁波人。

这样一些莘莘的学子，不远千里，从四面八方奔到昆明来，考入西南联大，他们来干什么，寻找什么？

大部分同学是来寻找真理，寻找智慧的。

也有些没有明确目的，糊里糊涂的。我在报考申请书上填了西南联大，只是听说这三座大学，尤其是北大的学风是很自由的，学生上课、考试，都很随便，可以吊儿郎当。我就是冲着吊儿郎当来的。

我寻找什么？

寻找潇洒。

---

[1] "学生"疑衍字。——编者注

七载云烟

斯是陋室

西南联大的校舍很分散,很多处是借用昆明原有的房屋、学校、祠堂。自建的,集中,成片的校舍叫"新校舍"。

新校舍大门南向,进了大门是一条南北大路。这条路是土路,下雨天滑不留足,摔倒的人很多。这条土路把新校舍划分成东西两区。

西边是学生宿舍。土墙,草顶。土墙上开了几个方洞,方洞上竖了几根不去皮的树棍,便是窗户。挨着土墙排了一列双人木床,一边十张,一间宿舍可住四十人,桌椅是没有的。两个装肥皂的大箱摞起来,既是书桌,也是衣柜。昆明不知道哪里来的那么多肥皂箱,很便宜,男生女生多数都有这样一笔"财产"。有的同学在同一宿舍中一住四年不挪窝,也有占了一个床位却不来住的。有的不是这个大学的,却住在这里。有一位,姓曹,是同济大学的,学的是机械工程,可是他从来不到同济大学去上课,却从早到晚趴在木箱上写小说。有些同学成天在一起,乐数晨夕,堪称知己。也有老死不相往来,几乎等于不认识的。我和那位姓刘的历史系同学就是这样,我们俩同睡一张木床,他住上铺,我住下铺,却很少见面。他是个很守规矩，很用功的人，每天按时作息。我是个夜猫子，每天在系图书馆看一夜书，到天亮才回宿舍。等我回屋就寝时，他已经在校园树下苦读英文了。

大路的东侧，是大图书馆。这是新校舍唯一的一座瓦顶的建筑。每天一早，就有人等在门外"抢图书馆"，——抢位置，抢指定参考书。大图书馆藏书不少，但指定参考书总是不够用的。

每月月初要在这里开一次"国民精神总动员月会"，简称"国民月会"。把图书馆大门关上，钉了两面交叉的党国旗，便是会场。所谓月会，就是由学校的负责人讲一通话。讲的次数最多的是梅贻琦，他当时是主持日常校务的校长（北大校长蒋梦麟、南开校长张伯苓）。梅先生相貌清癯，人很严肃，但讲话有时很幽默。有一个时期昆明闹霍乱，梅先生告诫学生不要在外面乱吃，说："有同学说：'我在外面乱吃了好多次，也没有得一次霍乱'，同学们！这种事情是不能有第二次的。"

更东，是教室区。土墙，铁皮屋顶（涂了绿漆）。下起雨来，铁皮屋顶被雨点打得乒乒乓乓地响，让人想起王禹偁的《黄岗竹楼记》。

这些教室方向不同，大小不一，里面放了一些一边有一块平板，可以在上面记笔记的木椅，都是本色，不漆油漆。木椅的设计可能还是从美国传来的，我在爱荷华、耶鲁都看见过。这种椅子的好处是不固定，可以从这个教室到那个教室任意搬来搬去。吴宓（雨僧）先生讲《红楼梦》，一看下面有女生还站着，就放下手杖，到别的教室去搬椅子。于是一些男同学就也赶紧到别的教室去搬椅子。到宝姐姐、林妹妹都坐下了，吴先生才开始讲。

这样的陋室之中，却培养了很多优秀的人才。

联大五十周年校庆时，校友从各地纷纷返校。一位从国外赶回来的老同学（是个男生），进了大门就跪在地下放声大哭。

前几年我重回昆明，到新校舍旧址（现在是云南师范大学）看了看，全都变了样，什么都没有了，只有东北角还保存了一间铁皮屋顶的教室，也岌岌可危了。

不衫不履

联大师生服装各异，但似乎又有一种比较一致的风格。

女生的衣着是比较整洁的。有的有几件华贵的衣服，那是少数军阀商人的小姐。但是她们也只是参加 Party 时才穿，上课时不会穿得花里胡哨的。一般女生都是一身阴丹士林旗袍，上身套一件红毛衣。低年级的女生爱穿"工裤"，——劳动布的长裤，上面有两条很宽的带子，白色或浅花的衬衫。这大概本是北京的女中学生流行的服装，这种风气被贝满等校的女生带到昆明来了。

男同学原来有些西装革履，裤线笔直的，也有穿麂皮夹克的，后来就日渐少了，绝大多数是蓝布衫，长裤。几年下来，衣服破旧，就想各种办法"弥补"，如贴一张橡皮膏之类。有人裤子破了洞，不会补，也无针线，就找一根麻筋，把破洞结了一个疙瘩。这样的疙瘩名士不止一人。

教授的衣服也多残破了。闻一多先生有一个时期穿了一件一个亲戚送给他的灰色夹袍，式样早就过时，领子很高，袖子很窄。朱自清先生的大衣破得不能再穿，就买了一件云南赶马人穿的深蓝氆氇的一口钟（大概就是彝族察尔瓦）披在身上，远看有点像一个侠客。有一个女生从南院（女生宿舍）到新校舍去，天已经黑了，路上没有人，她听到后面有梯里突鲁的脚步声，以为是坏人追了上来，很紧张。回头一看，是化学教授曾昭抡。他穿了一双空前（露着脚趾）绝后鞋（后跟烂了，提不起来，只能半趿着），因此发出此梯里突鲁的声音。

七载云烟

联大师生破衣烂衫，却每天孜孜不倦地做学问，真是穷且益坚，不坠青云之志，这种精神，人天可感。

当时"下海"的，也有。有的学生跑仰光、腊戍，贩卖"玻璃丝袜"、"旁氏口红"；有一个华侨同学在南屏街开了一家很大的咖啡馆，那是极少数。

采　薇

大学生大都爱吃，食欲很旺，有两个钱都吃掉了。

初到昆明，带来的盘缠尚未用尽，有些同学和家乡邮汇尚通，不时可以得到接济，一到星期天就出去到处吃馆子。汽锅鸡、过桥米线、新亚饭店的过油肘子、东月楼的锅贴乌鱼、映时春的油淋鸡、小西门马家牛肉馆的牛肉、厚德福的铁锅蛋、松鹤楼的乳腐肉、"三六九"（一家上海面馆）的大排骨面，全都吃了一个遍。

钱逐渐用完了，吃不了大馆子，就只能到米线店里吃米线、饵块。当时米线的浇头很多，有焖鸡（其实只是酱油煮的小方块瘦肉，不是鸡）、㸆肉（即肉末，音川，云南人不知道为什么爱写这样一个笔画繁多的怪字）、鳝鱼、叶子（油炸肉皮煮软，有的地方叫"响皮"，有的地方叫

"假鱼肚")。米线上桌,都加很多辣椒,——"要解馋,辣加咸"。如果不吃辣,进门就得跟堂倌说:"免红!"

到连吃米线、饵块的钱也没有的时候,便只有老老实实到新校舍吃大食堂的"伙食"。饭是"八宝饭",通红的糙米,里面有砂子、木屑、老鼠屎。菜,偶尔有一碗回锅肉、炒猪血(云南谓之"旺子"),常备的菜是盐水煮芸豆,还有一种叫"魔芋豆腐"的紫灰色的,烂糊糊的淡而无味的奇怪东西。有一位姓郑的同学告诫同学:饭后不可张嘴——恐怕飞出只鸟来!

一九四四年,我在黄土坡一个中学教了两个学期。这个中学是联大同学办的,没有固定经费,薪水很少,到后来连一点极少的薪水也发不出来,校长(也是同学)只能设法弄一点米来,让教员能吃上饭。菜,对不起,想不出办法。学校周围有很多野菜,我们就吃野菜。校工老鲁是我们的技术指导。老鲁是山东人,原是个老兵,照他说,可吃的野菜简直太多了,但我们吃得最多的是野苋菜(比园种的家苋菜味浓)、灰菜(云南叫做灰藋菜,"藋"字见于《庄子》,是个很古的字),还有一种样子像一根鸡毛掸子的扫帚苗。野菜吃得我们真有些面有菜色了。

有一个时期附近小山上柏树林里飞来很多硬壳昆虫,黑色,形状略似金龟子。老鲁说这叫豆壳虫,是可以吃的,好吃!他捉了一些,撕去硬翅,在锅里干爆了,撒了一点花椒盐,就起酒来。在他的示范下,我们也爆了一盘,闭着眼睛尝了尝,果然好吃。有点像盐爆虾,而且有一股柏树叶的清香,——这种昆虫只吃柏树叶,别的树叶不吃。于是我们有了就酒的酒菜和下饭的荤菜。这玩意多得很,一会儿的工夫就能捉一大瓶。

要写一写我在昆明吃过的东西,可以写一大本,撮其大要写了一首打油诗。怕读者看不明白,加了一些注解,诗曰:

重升肆里陶杯绿[1],
饵块摊头炭火红[2]。
正义路边养正气[3],

---

1 昆明的白酒分市酒和升酒。市酒是普通白酒,升酒大概是用市酒再蒸一次,谓之"玫瑰重升",似乎有点玫瑰香气。昆明酒店都是盛在绿陶的小碗里,一碗可盛二小两。

2 饵块分两种,都是米面蒸熟了的。一种状如小枕头,可做汤饵块、炒饵块。一种是椭圆的饼,犹如鞋底,在炭火上烤得发泡,一面用竹片涂了芝麻酱、花生酱、甜酱油、油辣子,对合而食之,谓之"烧饵块"。

3 汽锅鸡以正义路牌楼旁一家最好。这家无字号,只有一块匾,上书大字:"培养正气",昆明人想吃汽锅鸡,就说:"我们今天去培养一下正气"。

小西门外试撩青[1]。

人间至味干巴菌[2]，

世上馋人大学生。

尚有灰藋堪漫吃[3]，

更循柏叶捉昆虫。

一束光阴付苦茶

　　昆明的大学生（男生）不坐茶馆的大概没有。不可一日无此君，有人一天不喝茶就难受。有人一天喝到晚，可称为"茶仙"。茶仙大抵有两派。一派是固定茶座。有一

　　1　小西门马家牛肉极好。牛肉是蒸或煮熟的，不炒菜，分部位，如"冷片"、"汤片"……有的名称很奇怪。如大筋（牛鞭）、"领肝"（牛肚）。最特别的是"撩青"（牛舌，牛的舌头可不是撩青草的么？但非懂行人觉得这很费解）。"撩青"很好吃。

　　2　昆明菌子种类甚多，如"鸡㙡"，这是菌之王，但至今我还不知道为什么只在白蚁窝上长"牛肝菌"（色如牛肝，生时熟后都像牛肝，有小毒，不可多吃，且须加大量的蒜，否则会昏倒。有个女同学吃多了牛肝菌，竟至休克）。"青头菌"，菌盖青绿，菌丝白色，味较清雅。味道最为隽永深长，不可名状的是干巴菌。这东西中吃不中看，颜色紫褐，不成模样，简直像一堆牛屎，里面又夹杂了一些松毛、杂草。可是收拾干净了，撕成蟹腿状的小片，加青辣椒同炒，一箸入口，酒兴顿涨，饭量猛开。这真是人间至味！

　　3　藋字云南读平声。

位姓陆的研究生，每天在一家茶馆里喝三遍茶，早，午，晚。他的牙刷、毛巾、洗脸盆就放这家茶馆里，一起来就上茶馆。另一派是流动茶客。有一姓朱的，也是研究生，他爱到处遛，腿累了就走进一家茶馆，坐下喝一气茶。全市的茶馆他都喝遍了。他不但熟悉每一家茶馆，并且知道附近哪是公共厕所，喝足了茶可以小便，不至被尿憋死。

关于喝茶，我写过一篇《泡茶馆》，已经发表过，写得相当详细，不再重复，有诗为证：

　　水厄囊空亦可赊[1]，

　　枯肠三碗嗑葵花[2]。

　　昆明七载成何事？

　　一束光阴付苦茶。

水流云在

云南人对联大学生很好，我们对云南、对昆明也很有感情。我们为云南做了一些什么事，留下一点什么？

1　我们和凤翥街几家茶馆很熟，不但喝茶，吃芙蓉糕可以欠账，甚至可以向老板借钱去看电影。
2　茶馆常有女孩子来卖炒葵花子，绕桌轻唤："瓜子瓜，瓜子瓜。"

有些联大师生为云南做了一些有益的实事,比如地质系师生完成了《云南矿产普查报告》,生物系师生写出了《中国植物志·云南卷》的长编初稿,其它还有多少科研成果,我不大知道,我不是搞科研的。

比较明显的,普遍的影响是在教育方面。联大学生在中学兼课的很多,连闻一多先生都在中学教过国文,这对昆明中学生学业成绩的提高,是有很大作用的。

更重要的是使昆明学生接受了民主思想,呼吸到独立思考,学术自由的空气,使他们为学为人都比较开放,比较新鲜活泼。这是精神方面的东西,是抽象的,是一种气质,一种格调,难于确指,但是这种影响确实存在。如云如水,水流云在。

一九九四年二月十五日

西南联大中文系

西南联大中文系的教授有清华的,有北大的,应该也有南开的。但是哪一位教授是南开的,我记不起来了。清华的教授和北大的教授有什么不同,我实在看不出来。联大的系主任是轮流做庄。朱自清先生当过一段系主任。担任系主任时间较长的,是罗常培先生。学生背后都叫他"罗长官"。罗先生赴美讲学,闻一多先生代理过一个时期。在他们"当政"期间,中文系还是那个老样子,他们都没有一套"施政纲领"。事实上当时的系主任"为官清简",近于无为而治。中文系的学风和别的系也差不多:民主、自由、开放。当时没有"开放"这个词,但有这个

＊原载于《精神的魅力》,北京大学出版社一九八八年版,初收于北师大版《汪曾祺全集》第四卷。

事实。中文系似乎比别的系更自由。工学院的机械制图总要按期交卷，并且要严格评分的；理学院要做实验，数据不能马虎。中文系就没有这一套。记得我在皮名举先生的"西洋通史"课上交了一张规定的马其顿国的地图，皮先生阅后，批了两行字："阁下之地图美术价值甚高，科学价值全无。"似乎这样也可以了。总而言之，中文系的学生更为随便，中文系体现的"北大"精神更为充分。

如果说西南联大中文系有一点什么"派"，那就只能说是"京派"。西南联大有一本《大一国文》，是各系共同必修。这本书编得很有倾向性。文言文部分突出地选了《论语》，其中最突出的是《子路曾皙冉有公西华侍坐》。"暮春者，春服既成，冠者五六人，童子六七人，浴乎沂，风乎舞雩，咏而归"，这种超功利的生活态度，接近庄子思想的率性自然的儒家思想对联大学生有相当深广的潜在影响。还有一篇李清照的《金石录后序》。一般中学生都读过一点李清照的词，不知道她能写这样感情深挚、挥洒自如的散文。这篇散文对联大文风是有影响的。语体文部分，鲁迅的选的是《示众》。选一篇徐志摩的《我所知道的康桥》，是意料中事。选了丁西林的《一只马蜂》，就有点特别。更特别的是选了林徽音的《窗子以外》。这一本《大一国文》可以说是一本"京派国文"。严家炎先生编中国流派文学史,把我算作最后一个"京派",这大概跟我读过联大有关,甚至是和这本《大一国文》有点关系。这是我走上文学道路的一本启蒙的书。这本书现在大概是很难找到了。如果找得到,翻印一下,也怪有意思的。

"京派"并没有人老挂在嘴上。联大教授的"派性"不强。唐兰先生讲甲骨文,讲王观堂(国维)、董彦堂(董作宾),也讲郭鼎堂(郭沫若),——他讲到郭沫若时总是叫他"郭沫(读如妹)若"。闻一多先生讲(写)过"搋鼓的诗人",是大家都知道的。

联大教授讲课从来无人干涉,想讲什么就讲什么,想怎么讲就怎么讲。刘文典先生讲了一年《庄子》,我只记住开头一句:"《庄子》嘿,我是不懂的喽,也没有人懂。"他讲课是东拉西扯,有时扯到和庄子毫不相干的事。倒是有些骂人的话,留给我的印象颇深。他说有些搞校勘的人,只会说甲本作某,乙本作某,——"到底应该作什么?"骂有些注释家,只会说甲如何说,乙如何说,"你怎么说?"他还批评有些教授,自己拿了一个有注解的本子,发给学生的是白文,"你把注解发给学生!要不,你也拿一本白文!"他的这些意见,我以为是对的。他讲了一学期《文选》,只讲了半篇木玄虚的《海赋》。好几堂课大讲"拟声法"。他在黑板上写了一个挺长的法国字,举了好些外国例子。曾见过几篇老同学的回忆文章，说闻一多先生讲楚辞，一开头总是"痛饮酒熟读《离骚》，方称名士"。有人问我，"是不是这样？"是这样。他上课，抽烟。上他的课的学生，也抽。他讲唐诗，不蹈袭前人一语。讲晚唐诗和后期印象派的画一起讲，特别讲到"点画派"。中国用比较文学的方法讲唐诗的，闻先生当为第一人。他讲《古代神话与传说》非常"叫座"。上课时连工学院的同学都穿过昆明城，从拓东路赶来听。那真是"满坑满谷"，昆中北院大教室里里外外都是人。闻先生把自己在整张毛边纸上手绘的伏羲女娲图钉在黑板上，把相当繁琐的考证，讲得有声有色，非常吸引人。还有一堂"叫座"的课是罗庸（膺中）先生讲杜诗。罗先生上课，不带片纸。不但杜诗能背写在黑板上，连仇注都背出来。唐兰（立庵）先生讲课是另一种风格。他是教古文字学的，有一年忽然开了一门"词选"，不知道是没有人教，还是他自己感兴趣。他讲"词选"主要讲《花间集》（他自己一度也填词，极艳）。他讲词的方法是：不讲。有时只是用无锡腔调念（实是吟唱）一遍："'双鬓隔香红，玉钗头上风'——好！真好！"这首词就 pass 了。沈从文先生在联大开过三门课："各体文习作"、"创作实习"、"中国小说史"，沈先生怎样教课，我已写了一篇《沈从文先生在西南联大》，发表在《人民文学》上，兹不赘。他讲创作的精义，只有一句"贴到人物来写"。听他的课需要举一隅而三隅反，否则就会觉得"不知所云"。

联大教授之间，一般是不互论长短的。你讲你的，我讲我的。但有时放言月旦，也无所谓。比如唐立庵先生有一次在办公室当着一些讲师助教，就评论过两位教授，说一个"集穿凿附会之大成"，一个"集啰唆之大成"。他不考虑有人会去"传小话"，也没有考虑这两位教授会因此而发脾气。

西南联大中文系教授对学生的要求是不严格的。除了一些基础课，如文字学（陈梦家先生授）、声韵学（罗常培先生授）要按时听课，其余的，都较随便。比较严一点的是朱自清先生的"宋诗"。他一首一首地讲，要求学生记笔记，背，还要定期考试，小考，大考。有些课，也有考试，考试也就是那么回事。一般都只是学期终了，交一篇读书报告。联大中文系读书报告不重抄书，而重有无独创性的见解。有的可以说是怪论。有一个同学交了一篇关于李贺的报告给闻先生，说别人的诗都是在白地子上画画，李贺的诗是在黑地子上画画，所以颜色特别浓烈，大为闻先生激赏。有一个同学在杨振声先生教的"汉魏六朝诗选"课上，就"车轮生四角"这样的合乎情悖乎理的想象写了一篇很短的报告《方车论》。就凭这份报告，在期终考试时，杨先生宣布该生可以免考。

联大教授大都很爱才。罗常培先生说过，他喜欢两种学生：一种，刻苦治学；一种，有才。他介绍一个学生到联大先修班去教书，叫学生拿了他的亲笔介绍信去找先修班主任李继侗先生。介绍信上写的是"……该生素具创作夙慧。……"一个同学根据另一个同学的一句新诗（题一张抽象派的画的）"愿殿堂毁塌于建成之先"填了一首词，作为"诗法"课的练习交给王了一先生，王先生的评语是："自是君身有仙骨，剪裁妙处不须论。"具有"夙慧"，有"仙骨"，这种对于学生过甚其辞的评价，恐怕是不会出之于今天的大学教授的笔下的。

我在西南联大是一个不用功的学生，常不上课，但是乱七八糟看了不少书。有一个时期每天晚上到系图书馆去看书。有时只我一个人。中文系在新校舍的西北角，墙外是坟地，非常安静。在系里看书不用经过什么借书手续，架上的书可以随便抽下一本来看。而且可抽烟。有一天，我听到墙外有一派细乐的声音。半夜里怎么会有乐声，在坟地里？我确实是听见的，不是错觉。

我要不是读了西南联大，也许不会成为一个作家。至少不会成为一个像现在这样的作家。我也许会成为一个画家。如果考不取联大,我准备考当时也在昆明的国立艺专。

晚翠园曲会

云南大学西北角有一所花园,园内栽种了很多枇杷树,"晚翠"是从千字文"枇杷晚翠"摘下来的。月亮门的门额上刻了"晚翠园"三个大字,是胡小石写的,很苍劲。胡小石当时在重庆中央大学教书。云大校长熊庆来和他是至交,把他请到昆明来,在云大住了一些时。胡小石在云大、昆明写了不少字。当时正值昆明开展捕鼠运动,胡小石请有关当局给他拔了很多老鼠胡子,做了一束鼠须笔,准备带到重庆去,自用、送人。鼠须笔我从书上看到过,不想有人真用鼠须为笔。这三个字不知是不是鼠须笔所书。晚翠园除枇杷外,其他花木少,很幽静。云大中文系有几个同

＊初刊于《当代人》一九九六年第五期,初收于北师大版《汪曾祺全集》第六卷。

学搞了一个曲社,活动(拍曲子、开曲会)多半在这里借用一个小教室,摆两张乒乓球桌,二三十张椅子,曲友毕集,就拍起曲子来。

曲社的策划人实为陶光(字重华),有两个云大中文系同学为其助手,管石印曲谱,借教室,打开水等杂务。陶光是西南联大中文系教员,教"大一国文"的作文。"大一国文"各系大一学生必修。联大的大一国文课有一些和别的大学不同的特点。一是课文的选择。《诗经》选了"关关雎鸠",好像是照顾面子。楚辞选《九歌》,不选《离骚》,大概因为《离骚》太长了。《论语》选"冉有公西华侍坐"。"暮春者,春服既成,冠者五六人,童子六七人,浴乎沂,风乎舞雩,咏而归",这不仅是训练学生的文字表达能力,这种重个性,轻利禄,潇洒自如的人生态度,对于联大学生的思想素质的形成,有很大的关系,这段文章的影响是很深远的。联大学生为人处世不俗,夸大一点说,是因为读了这样的文章。这是真正的教育作用,也是选文的教授的用心所在。

魏晋不选庾信、鲍照,除了陶渊明,用相当多篇幅选了《世说新语》,这和选"冉有公西华侍坐",其用意有相通处。唐人文选柳宗元《永州八记》而舍韩愈。宋文突出地全录了李易安的《金石录后序》。这实在是一篇极好的文章,声情并茂。到现在为止,对李清照,她的词,她的这篇《金石录后序》还没有给予应有的重视,她在文学史上的位置还没有摆准,偏低了。这是不公平的。古人的作品也和今人的作品一样,其遭际有幸有不幸,说不清是什么原故。白话文部分的特点就更鲜明了。鲁迅当然是要选的,哪一派也得承认鲁迅,但选的不是《阿Q正传》而是《示众》,可谓独具只眼。选了林徽因的《窗子以外》、丁西林的《一只马蜂》(也许是《压迫》)。林徽因的小说进入大学国文课本,不但当时有人议论纷纷,直到今天,接近二十一世纪了,恐怕仍为一些铁杆左派(也可称之为"左霸",现在不是什么最好的东西都称为"霸"么)所反对,所不容。但我却从这一篇小说知道小说有这种写法,知道什么是"意识流",扩大了我的文学视野。"大一国文"课的另一个特点是教课文和教作文的是两个人。教课文的是教授、副教授,教作文的是讲师、教员、助教。为什么要这样分开,我至今不知道是什么道理。我的作文课是陶重华先生教的。他当时大概是教员。

陶光(我们背后都称之为陶光,没有人叫他陶重华),面白皙,风神朗朗。他有一个特别的地方,是同时穿两件长衫。里面是一件咖啡色的夹袍,外面是一件罩衫,银灰色。都是细毛料的。于此可见他的生活一直不很拮据——当时教员、助教大都穿布长衫,有家累的更是衣履敝旧。他走进教室,脱下外衣,搭在椅背上,就把作文分发给学生,摘其佳处,很"投入"地(那时还没有这个词)评讲起来。

陶光的曲子唱得很好。他是唱冠生的,在清华大学时曾受红豆馆主(溥侗)亲授。他嗓子好,宽、圆、亮、足,有力度。他常唱的是《三醉》、《迎像》、《哭像》,唱得苍苍莽莽,淋漓尽致。

不知道为什么,我觉得陶光在气质上有点感伤主义。

有一个女同学交了一篇作文,写的是下雨天,一个人在弹三弦。有几句,不知道这位女同学的原文是怎样的,经陶先生润改后成了这样:

"那湿冷的声音,湿冷了我的心。"这两句未见得怎么好,只是"湿冷了"以形容词作动词用,在当时是颇为新鲜的。我一直不忘这件事。我认为这其实是陶光的感觉,并且由此觉得他有点感伤主义。

说陶光是寂寞的,常有孤独感,当非误识。他的朋友不多,很少像某些教员、助教常到有权势的教授家走动问候,也没有哪个教授特别赏识他,只有一个刘文典(叔雅)和他关系不错。刘叔雅目空一切,谁也看不起。他抽鸦片，又嗜食宣威火腿，被称为"二云居士"——云土、云腿。他教《文选》，一个学期只讲了多半篇木玄虚的《海赋》，他倒认为陶光很有才。他的《淮南子校注》是陶光编辑的，扉页的"淮南子校注"也是陶光题署的。从扉页题署，我才知道他的字写得很好。

他是写二王的，临《圣教序》功力甚深。他曾把张充和送他的一本影印的《圣教序》给我看，字帖的缺字处有张充和题的字：

以此赠别　充和

陶光对张充和是倾慕的，但张充和似只把陶光看作一般的朋友，并不特别垂青。

陶光不大为人写字，书名不著。我曾看到他为一个女同学写的小条幅，字较寸楷稍大，写在冷金笺上，气韵流转，无一败笔。写的是唐人诗：

故园东望路漫漫，

双袖龙钟泪不干。

马上相逢无纸笔，

凭君传语报平安。

这条字反映了陶光的心情。"炮仗响了"（日本投降那天，昆明到处放鞭炮，云南把这天叫做"炮仗响"的那天）后，联大三校准备北返，三校人事也基本定了，清华、北大都没有聘陶光,他只好滞留昆明。后不久,受聘云大,对"洛阳亲友",只能"凭君传语"了。

我们回北平,听到一点陶光的消息。经刘文典撮合,他和一个唱滇戏的演员结了婚。

后来听说和滇剧女演员离婚了。

又听说他到台湾教了书。悒郁潦倒,竟至客死台北街头。遗诗一卷,嘱人转交张充和。

正晚上拍着曲子,从窗外飞进一只奇怪的昆虫,不像是动物,像植物,体细长,约有三寸,完全像一截青翠的竹枝。大家觉得很稀罕,吴征镒捏在手里看了看,说这是竹节虫。吴征镒是读生物系的,故能认识这只怪虫,但他并不研究昆虫,竹节虫在他只是常识而已,他钻研的是植物学,特别是植物分类学。他记性极好,"文化大革命"被关在牛棚里,一个看守他的学生给了他一个小笔记本,一枝铅笔,他竟能在一个小笔记本上完成一部著作,天头地脚满满地写了蠓虫大的字,有些资料不在手边,他凭记忆引用。出牛棚后,找出资料核对,基本准确;他是学自然科学的,但对文学很有兴趣,写了好些何其芳体的诗,厚厚的一册。他很早就会唱昆曲,——吴家是扬州文史世家。唱老生。他身体好,中气足,能把《弹词》的"九转货郎儿"一气唱到底,这在专业的演员都办不到,——戏曲演员有个说法:"男怕弹词"。他常唱的还有《疯僧扫秦》。

每次做"同期"(唱昆爱好者约期集会唱曲,叫做同期)必到的是崔芝兰先生。她是联大为数不多的女教授之一,多年来研究蝌蚪的尾巴,运动中因此被斗,资料标本均被毁尽。崔先生几乎每次都唱《西楼记》。女教授,举止自然很端重,但是唱起曲子来却很"嗲"。

崔先生的丈夫张先生也是教授,每次都陪崔先生一起来。张先生不唱,只是端坐着听,听得很入神。

除了联大、云大师生,还有一些外来的客人来参加同期。

有一个女士大概是某个学院的教授的或某个高级职员的夫人。她身材匀称,小小巧巧,穿浅色旗袍,眼睛很大,眉毛的弧线异常清楚,神气有点天真,不作态,整个脸明明朗朗。我给她起了个外号:"简单明了",朱德熙说:"很准确。"她一定还要操持家务,照料孩子,但只要接到同期通知,就一定放下这些,欣然而来。

有一位先生，大概是襄理一级的职员，我们叫他"聋山门"。他是唱大花面的，而且总是唱《山门》，他是个聋子，——并不是板聋，只是耳音不准，总是跑调。真也亏给他撅笛的张宗和先生，能随着他高低上下来回跑。聋子不知道他跑调，还是气势磅礴地高唱：

"树木叉桠，峰峦如画，堪潇洒，喂呀，闷煞洒家，烦恼天来大！"

给大家吹笛子的是张宗和，几乎所有人唱的时候笛子都由他包了。他笛风圆满，唱起来很舒服。夫人孙凤竹也善唱曲，常唱的是《折柳·阳关》，唱得很宛转。"叫他关河到处休离剑，驿路逢人数寄书"，闻之使人欲涕。她身弱多病，不常唱。张宗和温文尔雅，孙凤竹风致楚楚，有时在晚翠园（他们就住在晚翠园一角）并肩散步，让人想起"拣名门一例一例里神仙眷"（《惊梦》）。他们有一个女儿，美得像一块玉。张宗和后调往贵州大学，教中国通史。孙凤竹死于病。不久，听说宗和也在贵阳病殁。他们岁数都不大，宗和只三十左右。[1]

有一个人，没有跟我们一起拍过曲子，也没有参加过

---

[1] 此处作者误记，张宗和一九七七年去世。——编者注

同期，但是她的唱法却在曲社中产生很大的影响，张充和。她那时好像不在昆明。

张家姊妹都会唱曲。大姐因为爱唱曲，嫁给了昆曲传习所的顾传玠。张家是合肥望族，大小姐却和一个昆曲演员结了婚，门不当，户不对，张家在儿女婚姻问题上可真算是自由解放，突破了常规。二姐是个无事忙，她不大唱，只是对张罗办曲会之类的事非常热心。三姐兆和即我的师母，沈从文先生的夫人。她不太爱唱，但我却听过她唱《扫花》，是由我给她吹的笛子。四妹充和小时没有进过学校，只是在家里延师教诗词，拍曲子。她考北大，数学是零分，国文是一百分，北大还是录取了她。她在北大很活跃，爱戴一顶红帽子，北大学生都叫她"小红帽"。

她能戏很多，唱得非常讲究，运字行腔，精微细致，真是"水磨腔"。我们唱的《思凡》、《学堂》、《瑶台》，都是用的她的唱法（她灌过几张唱片）。她唱的"受吐"，娇慵醉媚，若不胜情，难可比拟。

张充和兼擅书法，结体用笔似晋朝人。

许宝骒先生是数论专家。但是曲子唱得很好。许家是昆曲大家，会唱曲子的人很多。俞平伯先生的夫人许宝驯就是许先生的姐姐。许先生听过我唱的一支曲子，跟我们的系主任罗常培（莘田）说，他想教我一出《刺虎》。罗先生告诉了我，我自然是愿意的，但稍感意外。我不知道许先生会唱曲子，更没想到他为什么主动提出要教我一出戏。我按时候去了，没有说多少话，就拍起曲子来：

"银台上晃晃的风烛燉，金猊内袅袅的香烟喷……"

许先生的曲子唱得很大方，《刺虎》完全是正旦唱法。他的"擞"特别好，摇曳生姿而又清清楚楚。

许茹香是每次同期必到的。他在昆明航空公司供职，是经理查阜西的秘书。查先生有时也来参加同期，他不唱曲子，是来试吹他所创制的十二平均律的无缝钢管的笛子的（查先生是"国民政府"的官员，但是雅善音乐，除了研究曲律，还搜集琴谱，解放后曾任中国音协副主席）。许茹香，同期的日子他是不会记错的，因为同期的帖子是他用欧底赵面的馆阁体小楷亲笔书写的。许茹香是个戏篓子，什么戏都会唱，包括《花判》（《牡丹亭》）这样的专业演员都不会的戏。他上了岁数，吹笛子气不够，就带了一枝"老人笛"，吹着玩玩。

这是一个非常有趣的老人。他做过很多事，走过很多地方，会说好几种地方的话。有一次说了一个小笑话。有四个人，苏州人、绍兴人、宁波人、扬州人，一同到一个

庙里,看到四大金刚,苏州人、绍兴人、宁波人各人说了几句话,都有地方特点。轮到扬州人,扬州人赋诗一首:

四大金刚不出奇,

里头是草外头是泥。

你不要夸你个子大,

你敢跟我洗澡去!

扬州人好洗澡。早上皮包水,晚上水包皮。"去"读"kì",正是扬州口音。

同期只供茶水。偶在拍曲后亦作小聚。大馆子吃不起,只能吃花不了多少钱的小馆。是"打平伙",——北京人谓之"吃公墩",各人自己出钱。翠湖西路有一家北京人开的小馆,卖馅儿饼,大米粥,我们去吃了几次。吃完了结账,掌柜的还在低头扒算盘,许宝騄先生已经把钱敛齐了交到柜上。掌柜的诧异:怎么算得那么快?他不知道算账的是一位数论专家,这点小九九还在话下吗?

参加同期、曲会的,多半生活清贫,然而在百物飞腾,人心浮躁之际,他们还能平平静静地做学问,并能在高吟浅唱、曲声笛韵中自得其乐,对复兴民族大业不失信心,不颓唐,不沮丧,他们是浊世中的清流,旋涡中的砥柱。他们中不少人对文化、科学做出了很大的成绩。安贫乐道，恬淡冲和，是中国的知识分子优良的传统。这个传统应该得到继承，得到扶植发扬。

审如此，则曲社同期无可非议。晚翠园是可怀念的。

一九九六年春节

凤翥街

昆明大西门外有两条街,两条街的街名都起得富丽堂皇,一条叫凤翥街,一条叫龙翔街,其实是两条很小的街,与龙、凤一点关系没有。凤翥街是南北向的,从大西门前横过;龙翔街对着大西门,东西向,与凤翥街相交,成丁字形,龙翔街比较宽,也干净一些,但不如凤翥街热闹。

凤翥街北口有一座砖砌的小牌楼,大概是所谓里门。牌楼外有一小块空地,是背炭的苗族人卖炭的地方。这些苗族人是很辛苦的。他们从几十里外的山里把烧好的栎炭背到昆明来,一驮子不下二百斤,一路休息时炭驮子不卸

＊初刊于《海南纪实》一九八九年第二期(补),初收于人民文学版《汪曾祺全集》第五卷。

下,只是找一个岩头或墙壁,把炭驮靠着,下面支着一个T字形的木拐,人倚着一驮炭站一会,就算是休息了。他们吃的饭非常粗粝,只是通红的糙米饭,拌一点槌碎了的辣椒和盐。他们不用碗筷,饭装在一个本色白布口袋里,就着口袋吞食。边吃边把口袋口向外翻卷。吃完了,把口袋底翻过来,抖一抖,一顿饭就完事了。有学问的人讲营养,讲食物结构,人应该吃这个,需要吃那个,这些苗族人一辈子吃辣椒盐巴拌饭,也照样活。有一年日本飞机轰炸,这些苗族人没有防空常识,吓得四处乱跑,被机枪扫射,死伤了几个。

进这个小牌楼,才是正式的凤凰街。这条街主要是由茶馆、饭馆、纸烟店、骡马店、饼店和各色各样来来往往的行人构成的。

这条长约一百米左右的小街上倒有五家茶馆。

挨着小牌楼是一家很小的茶馆,只有三张茶桌。招呼茶座的是一个壮实而白皙的中年妇人。这女人很能生孩子。最小的一个已经四岁了,还不时自己解开妈妈的扣子,趴在胸前吸奶。她住家在街对面。丈夫是一个精瘦的老头子,他一天不露面,只在每天下午到茶馆里来,捧着一个蓝花大碗咕嘟咕嘟喝下一大碗牛奶。这是一头老种畜,除了抽鸦片,喝牛奶,就会制造孩子。这家茶馆还卖草鞋，房梁、墙壁，到处都是一串一串的草鞋。

走过几家，是一个绍兴人开的茶馆。这位绍兴老板很重乡情，只要不是本地人，他觉得都是同乡，他对西南联大的学生很有感情，联大学生去喝茶，没带钱，可以赊账。空手喝了茶，临了还能跟老板借几个钱到城里南屏大戏院去看一场电影。

街东一家是后来开的，用的是有盖带把的白瓷茶缸，有点洋气，——别家茶馆都用粗瓷青花盖碗。这一家是专卖西南联大学生的，本地人不来，喝不惯这种有把的茶缸，也听不懂这些大学生的高谈阔论。

从"洋"茶馆往南，隔一个牛肉馆，一个小饭馆，一家，茶桌茶具都很干净，给客人拿盖碗、冲开水的是一个十二三岁的半大孩子。这家孩子也多，三个，都是男孩子。这个小大人的身后老跟着一个弟弟，有时一边做生意，一边背上还用背兜背着一个小弟弟。这小大人手脚很勤快。他终年不穿鞋，赤脚在泥地上踏得叭嗒叭嗒地响。西南联大有个同学给这个小大人起了一个名字："主任儿子"。

"主任儿子"茶馆斜对面是一家本街最大，也是地道昆明味儿的茶馆。这家茶馆在凤翥街的把角，茶馆的门面一边对着凤翥街，一边对着龙翔街，两街风景，往来行人，尽在眼底，真是一个闲看漫听的好地方。进门的都是每天必至的老茶客。他们落坐后第一件事便是卷叶子烟。叶子烟装在一个牛皮制成、外涂黑漆的圆盒里，在家里预先剪成等长的一段一段，上面覆着一片菜叶，以使烟叶潮润。取出几根，外面选一片完整的叶子裹紧，一支一支排在桌上，依次燃吸。这工作做得十分细致。茶馆里每天有一个盲人打扬琴说书，愿意听就听一会，不愿听尽可小声说话。偶尔也有看相的来，一手执一个面贴红纸的朝笏似的硬纸片，上写"××山人"、"××子"，一手拈着一根纸媒子，口称"送看手相不要钱"。走了一个，又来一个，但都无人搭理。不时有女孩子来卖葵花子，小声吆唤："瓜子瓜。"这家茶馆每天要扫出很多瓜子皮。

凤翥街有三家纸烟店。一家挨着小牌楼，路东。架上没有几盒烟，主要卖花生米。卖东西的是姑嫂二人。小姑子脸盘和肩膀都很宽，涂脂抹粉，见人常作媚笑。她这儿卖花生米从来不上秤约，凭她的手抓，抓多少是多少。来买的如是个漂亮小伙子，就给得多；难看的，给得少，同样价钱，悬殊很大。联大同学发现了这个秘密，凡买花生米，都推一个"小生"去。嫂子也爱向人眉目传情，但眼光狡黠，不像小姑子那样直露。

另两家纸烟店门对门，各有主顾。除了卖纸烟火柴，当中还挂着一排金堂叶子。纸烟店代卖零酒。昆明的白酒分升酒、市酒两种。升酒美其名曰"玫瑰重升",大体相当于北京的二锅头,和玫瑰了不相涉。市酒比升酒要便宜一半。昆明人有一种喝法,叫做"升掺市",即一半升酒,一半市酒掺起来喝。

这条街上共有五家饭馆。最南的一家是一个扬州人开的,光顾的多为联大师生,本地人实在吃不惯这位大师傅的淮扬口味。他的拿手菜是过油肉,确实炒得很嫩。

街中有一家牛肉馆。这是一家回民馆,只卖牛肉。有冷片——大块牛肉白水煮得极酥,快刀切为薄片,蘸甜酱油吃;汤片——即将冷片铺在碗中浇以滚汤;红烧——牛肉的带筋不成形的小块染以红曲,炖焖,连汤卖,所谓"红烧",其实并不放酱油;牛肚——肚板、肚领整块煮熟,切薄片,浇汤,不知道为什么没有牛百叶。牛肚谓之"领肝",不知道是不是对"肚"有什么忌讳?牛舌,亦煮熟切片浇汤,牛舌有个特别名称,叫做"撩青",细想一下,是可以理解的,牛的舌头可不是"撩"青草的么?不过这未免太费思索了;牛肉馆偶有"牛大筋"卖,牛大筋是牛鞭,即牛鸡巴也,这是非常好吃的。牛肉馆卖米饭。要一碗白米饭、一个"冷片"、一碗汤菜,好吃实惠。

牛肉馆隔壁是一家汉民小饭馆,只卖爨荤小炒。昆明人把荤菜分为大荤和爨荤。大荤即煨炖的大块肉，爨荤是蔬菜加一点肉爆炒。这家的炒菜都是七寸盘，两三个人吃饭最为相宜。青椒炒肉丝、炒灯笼椒（红柿子椒）、炒菜花（昆明人叫椰花菜）、番茄炒鸡蛋等等。菜的味道很好，因为肉菜新鲜，油多火大。有一个菜我在别处没有吃过：炒青苞谷（嫩玉米），稍放一点肉末，加一点青辣椒，极清香爽口。

街的南端有两家较大的饭馆，一家在街西，龙翔街口，大茶馆的对面；一家在大西门右侧。这是两家地地道道的云南饭馆，顾客以马锅头为最多。

马锅头是凤翥街的重要人物。三五七八个人，二三十匹马，由昆明经富民往滇西运日用百货，又从滇西运土产回昆明。他们的装束一看就看得出来。都穿白色的羊皮背心，不钉纽扣，对襟两边有细皮条编缀的图案，有点像美国的西部英雄，脚下是厚牛皮底，上边用宽厚的黑色布条缝成草鞋的样子，说草鞋不是草鞋，说布鞋不是布鞋的那么一种鞋，布条上大都绣几朵红花，有的还钉了"鬼眨眼"（亮片）。上路时则多戴了黑色漆布制的凉帽。马锅头是很苦的，他们是在风霜里生活的人。沿途食宿，皆无保证。有时到了站头，只能拾一把枯柴焖一锅饭，用随身带着的刀子削一点牛干巴——牛肉割成长条，盐腌后晒干，下饭。他们有钱,运一趟货能得不少钱。他们的荷包里有钞票。有时还有银圆(滇西有的地方还使银圆)甚至印度的"半开"(金币)。他们一路辛苦,到昆明,得痛快两天(连人带马都住在卖花生米那家隔壁的马店里)。这是一些豪爽剽悍的男人。他们喝酒、吸烟,都是大口。他们吸起烟来很猛,不经喉咙,由口里直接灌进肺叶,吸时带飕飕的风声,好像是喝,几口,一枝烟就吸完了。他们走进那两家云南馆子,一坐下首先要一盘"金钱片腿"——火腿的肘部,煮熟切片,一层薄皮,包一圈肥肉,里面是通红的瘦肉,状如金钱;然后要别的菜:粉蒸肉、黄焖鸡、炸乳扇(羊奶浮面的薄皮,揭出、晾干)、烩乳饼(奶豆腐)……他们当然都是吃得盘光碗净的。但是吃相并不粗野,喝酒是不出声的,不狂呼乱叫。

街西那家云南馆子,晚市卖羊肉。昆明羊肉都是切成大块,用红曲染了,加料,煮在一口大锅里(只有护国路有一家,卖白汤羊肉)。卖时也是分门别类,如"拐骨"、"油腰"(昆明的羊腰子好像特别大,两个熟腰子切出后就够半碗)、"灯笼"(眼睛),羊舌是不是也叫"撩青"我就记不清了。

我们的体育老师侯先生有一次上课讲话,讲了一篇羊肉论。我们的体育课,除了跑步、投篮、跳高之外,教员还常讲讲话。这位侯先生名叫侯洛荀,学生便叫他侯老狗。其实侯先生是个很好的人,学生并不恨他,只怪他的名字起得不好。侯先生所论之羊肉,即大西门外云南馆子之羊肉也。上体育课怎么会讲起羊肉来呢?这是可以理解的。当时的大学生都很穷,营养不足,而羊肉则是偶尔还能吃得起一碗的。吃了羊肉,可增精力,这实在与体育有莫大之直接关系焉。侯先生上体育课谈羊肉的好处(主要是便宜)确实是出自对学生的关心,这一点我们是都感觉到的(他自己就常去吃一碗羊拐骨)。至于另一次他在上体育课时讲了半天狂犬病,我就不知道出于什么目的了。昆明有一阵闹狂犬病,但是大多数学生是不会被疯狗咬了的。倒是他说狂犬病亦名恐水病,得病人看到水就害怕,这是我以前没有听说过的,算是增长了一点知识。侯先生大概已经作古。这是个非常忠厚的人。

凤翥街有一家做一种饼,其实只是小酵的发面饼,在锅里先烙至半熟,再放在炉膛内两面烤一烤,炉膛里烧的是松毛——马尾松的针叶,因此有一点很特殊的香味。这种饼原来就叫做麦粑粑,因为联大的女生很爱吃这种饼,昆明人把女学生特别是外来的女学生叫"摩登"。有人便把这种饼叫做"摩登粑粑"。本是戏称,后来竟成了正式的名字。买两个摩登粑粑,到府甬道买四两叉烧肉夹着吃，喝一碗酽茶，真是上海人所说的"小乐胃"。昆明的叉烧比较咸，不像广东叉烧那样甜；比较干，不像广东的那样油乎乎、粘乎乎的。有一个广东女同学，一张长圆的脸，有点像个氢气球，我们背后就叫她"氢气球"。这位小姐上课总带一个提包。别的女同学们的提包里无非是粉盒、口红、手绢之类，她的提包里却装了一包叉烧肉。我和她同上经济学概论，是个大教室，我们几个老是坐在最后面，她就取出叉烧肉分发给几个熟同学，我们就一面吃叉烧，一面听陈岱孙先生讲"边际效用"。这位氢气球小姐现在也一定已经当了奶奶了。

　　一九八六年我回了一趟昆明，特意去看了看龙翔街、凤翥街。龙翔街已经拆建，成了一条颇宽的马路。凤翥街还很狭小，样子还看得出来。有些房屋还是老的，但都摇摇欲坠，残破不堪了。旧有店铺，无一尚存。我那天是早晨去的，只有街的中段有很多卖菜的摊子，碧绿生鲜，还似当年。

一九八九年六月二十二日

新 校 舍

西南联大的校舍很分散。有一些是借用原先的会馆、祠堂、学校，只有新校舍是联大自建的，也是联大的主体。这里原来是一片坟地，坟主的后代大都已经式微或他徙了，联大征用了这片地并未引起麻烦。有一座校门，极简陋，两扇大门是用木板钉成的，不施油漆，露着白茬。门楣横书大字："国立西南联合大学"。进门是一条贯通南北的大路。路是土路，到了雨季，接连下雨，泥泞没足，极易滑倒。大路把新校舍分为东西两区。

路以西，是学生宿舍。土墼墙，草顶。两头各有门。窗户是在墙上留出方洞，直插着几根带皮的树棍。空气是很流通的，因为没有人爱在窗洞上糊纸，当然更没有

---

* 初刊于《芒种》一九九二年第十期，初收于《草花集》。

玻璃。昆明气候温和，冬天从窗洞吹进一点风，也不要紧。宿舍是大统间，两边靠墙，和墙垂直，各排了十张双层木床。一张床睡两个人，一间宿舍可住四十人。我没有留心过这样的宿舍共有多少间。我曾在二十五号宿舍住过两年。二十五号不是最后一号。如果以三十间计，则新校舍可住一千二百人。联大学生约三千人，工学院住在拓东路迤西会馆；女生住"南院"，新校舍住的是文、理、法三院的男生。估计起来，可以住得下。学生并不老老实实地让双层床靠墙直放，向右看齐，不少人给它重新组合，把三张床拼成一个U字，外面挂上旧床单或钉上纸板，就成了一个独立天地，屋中之屋。结邻而居的，多是谈得来的同学。也有不是自己选择的，是学校派定的。我在二十五号宿舍住的时候，睡靠门的上铺，和下铺的一位同学几乎没有见过面。他是历史系的，姓刘，河南人。他是个农家子弟，到昆明来考大学是由河南自己挑了一担行李走来的。——到昆明来考联大的，多数是坐公共汽车来的，乘滇越铁路火车来的，但也有利用很奇怪的交通工具来的。物理系有个姓应的学生，是自己买了一头毛驴，从西康骑到昆明来的。我和历史系同学怎么会没有见过面呢？他是个很用功的老实学生，每天黎明即起，到树林里去读书。我是个夜猫子，天亮才回床睡觉。一般说，学生搬动床位，调换宿舍，学校是不管的，从来也没有办事职员来查看过。有人占了一个床位，却终年不来住。也有根本不是联大的，却在宿舍里住了几年。有一个青年小说家曹卣，——他很年轻时就在《文学》这样的大杂志上发表过小说，他是同济大学的，却住在二十五号宿舍。也不到同济上课，整天在二十五号写小说。

桌椅是没有的。很多人去买了一些肥皂箱。昆明肥皂箱很多，也很便宜。一般三个肥皂箱就够用了。上面一个，面上糊一层报纸，是书桌。下面两层放书，放衣物，这就书橱、衣柜都有了。椅子？——床就是。不少未来学士在这样的肥皂箱桌面上写出了洋洋洒洒的论文。

宿舍区南边，校门围墙西侧以里，是一个小操场。操场上有一副单杠和一副双杠。体育主任马约翰带着大一学生在操场上上体育课。马先生一年四季只穿一件衬衫，一件西服上衣，下身是一条猎裤，从不穿毛衣、大衣。面色红润，连光秃秃的头顶也红润，脑后一圈雪白的卷发。他上体育课不说中文，他的英语带北欧口音。学生列队，他要求学生必须站直："Boys！You must keep your body straight！"我年轻时就有点驼背，始终没有 straight 起来。

操场上有一个篮球场，很简陋。遇有比赛，都要临时画线，现结篮网，但是很多当时的篮球名将如唐宝华、牟作云……都在这里展过身手。

大路以东,有一条较小的路。这条路经过一个池塘,池塘中间有一座大坟,成为一个岛。岛上开了很多野蔷薇,花盛时,香扑鼻。这个小岛是当初规划新校舍时特意留下的。于是成了一个景点。

往北,是大图书馆。这是新校舍唯一的瓦顶建筑。每天一早,就有一堆学生在外面等着。一开门,就争先进去,抢座位(座位不很多),抢指定参考书(参考书不够用)。晚上十点半钟,图书馆的电灯还亮着,还有很多学生在里面看书。这都是很用功的学生。大图书馆我只进去过几次。这样正襟危坐,集体苦读,我实在受不了。

图书馆门前有一片空地。联大没有大会堂,有什么全校性的集会便在这里举行。在图书馆关着的大门上用摁钉摁两面党国旗,也算是会场。我入学不久,张清常先生在这里教唱过联大校歌(校歌是张先生谱的曲),学唱校歌的同学都很激动。每月一号,举行一次"国民月会",全称应是"国民精神总动员月会",可是从来没有人用全称,实在太麻烦了。国民月会有时请名人来演讲,一般都是梅贻琦校长讲讲话。梅先生很严肃,面无笑容,但说话很幽默。有一阵昆明闹霍乱,梅先生劝大家不要在外面乱吃东西,说:"有一位同学说,'我吃了那么多次,也没有得过一次霍乱。'这种事情是不能有第二次的。"开国民月会时，没有人老实站着，都是东张西望，心不在焉。有一次，我发现青天白日满地红的国旗的太阳竟是十三只角（按规定应是十二只）！

"一二·一惨案"（国民党军队枪杀三位同学、一位老师）发生后，大图书馆曾布置成死难烈士的灵堂，四壁都是挽联，灵前摆满了花圈，大香大烛，气氛十分肃穆悲壮。那两天昆明各界前来吊唁的人络绎于途。

大图书馆后面是大食堂。学生吃的饭是通红的糙米，装在几个大木桶里，盛饭的瓢也是木头的，因此饭有木头的气味。饭里什么都有：砂粒、耗子屎……被称为"八宝饭"。八个人一桌，四个菜，装在酱色的粗陶碗里。菜多盐而少油。常吃的菜是煮芸豆，还有一种叫做蘑芋[1]豆腐的灰色的凉粉似的东西。

大图书馆的东面，是教室。土墙，铁皮顶。铁皮上涂了一层绿漆。有时下大雨，雨点敲得铁皮丁丁当当地响。教室里放着一些白木椅子。椅子是特制的，右手有一块羽毛球拍大小的木板，可以在上面记笔记。椅子是不固定的，可以随便搬动，从这间教室搬到那间。吴宓先生上"红楼梦研究"课，见下面有女生没有坐下，就立即走

---

[1] "蘑芋"应为"魔芋"。——编者注

到别的教室去搬椅子。一些颇有骑士风度的男同学于是追随吴先生之后，也去搬。到女同学都落座，吴先生才开始上课。

我是个吊儿郎当的学生，不爱上课。有的教授授课是很严格的。教"西洋通史"（这是文学院必修课）的是皮名举。他要求学生记笔记，还要交历史地图。我有一次画了一张马其顿王国的地图，皮先生在我的地图上批了两行字："阁下所绘地图美术价值甚高，科学价值全无。"第一学期期终考试，我得了三十七分。第二学期我至少得考八十三分，这样两学期平均，才能及格，这怎么办？到考试时我拉了两个历史系的同学，一个坐在我的左边，一个坐在我的右边。坐在右边的同学姓钮，左边的那个忘了。我就抄左边的同学一道答题，又抄右边的同学一道。公布分数时，我得了八十五，及格还有富余！

朱自清先生教课也很认真。他教我们"宋诗"。他上课时带一沓卡片，一张一张地讲。要交读书笔记，还要月考、期考。我老是缺课，因此朱先生对我印象不佳。

多数教授讲课很随便。刘文典先生教《昭明文选》，一个学期才讲了半篇木玄虚的《海赋》。

闻一多先生上课时，学生是可以抽烟的。我上过他的"楚辞"。上第一课时，他打开高一尺又半的很大的毛边纸笔记本，抽上一口烟，用顿挫鲜明的语调说："痛饮酒，熟读《离骚》——乃可以为名士。"他讲唐诗，把晚唐诗和后期印象派的画联系起来讲。这样讲唐诗，别的大学里大概没有。闻先生的课都不考试，学期终了交一篇读书报告即可。

唐兰先生教"词选"，基本上不讲。打起无锡腔调，把词"吟"一遍："'双鬓隔香红啊——玉钗头上风……'好！真好！"这首词就算讲过了。

西南联大的课程可以随意旁听。我听过冯文潜先生的"美学"。他有一次讲一首词：

汴水流，

泗水流，

流到瓜洲古渡头，

吴山点点愁。

冯先生说他教他的孙女念这首词，他的孙女把"吴山点点愁"念成"吴山点点头"，他举的这个例子我一直记得。

吴宓先生讲"中西诗之比较"，我很有兴趣地去听。不料他讲的第一首诗却是：

一去二三里，

烟村四五家，

楼台六七座，

八九十枝花。

我不好好上课，书倒真也读了一些。中文系办公室有一个小图书馆，通称系图书馆。我和另外一两个同学每天晚上到系图书馆看书。系办公室的钥匙就由我们拿着，随时可以进去。系图书馆是开架的，要看什么书自己拿，不需要填卡片这些麻烦手续。有的同学看书是有目的有系统的。一个姓范的同学每天摘抄《太平御览》。我则是从心所欲，随便瞎看。我这种乱七八糟看书的习惯一直保持到现在。我觉得这个习惯挺好。夜里，系图书馆很安静，只有哲学心理系有几只狗怪声嗥叫——一个教生理学的教授做实验，把狗的不同部位的神经结扎起来，狗于是怪叫。有一天夜里我听到墙外一派鼓乐声，虽然悠远，但很清晰。半夜里怎么会有鼓乐声？只能这样解释：这是鬼奏乐。我确实听到的，不是错觉。我差不多每夜看书，到鸡叫才回宿舍睡觉。——因此我和历史系那位姓刘的河南同学几乎没有见过面。

新校舍大门东边的围墙是"民主墙"。墙上贴满了各色各样的壁报，左、中、右都有。有时也有激烈的论战。有一次三青团办的壁报有一篇宣传国民党观点的文章，另一张"群社"编的壁报上很快就贴出一篇反驳的文章，批评三青团壁报上的文章是"咬着尾巴兜圈子"。这批评很尖刻,也很形象。"咬着尾巴兜圈子"是狗。事隔近五十年,我对这一警句还记得十分清楚。当时有一个"冬青社"(联大学生社团甚多),颇有影响。冬青社办了两块壁报,一块是《冬青诗刊》,一块就叫《冬青》,是刊载杂文和漫画的。冯友兰先生、查良钊先生、马约翰先生,都曾经被画进漫画。冯先生、查先生、马先生看了,也并不生气。

除了壁报,还有各色各样的启事。有的是出让衣物的。大都是八成新的西服、皮鞋。出让的衣物就放在大门旁边的校警室里,可以看货付钱。也有寻找失物的启事,大都写着:"鄙人不慎,遗失了什么东西,如有捡到者,请开示姓名住处,失主即当往取,并备薄酬。"所谓"薄酬",通常是五香花生米一包。有一次有一位同学贴出启事:"寻找眼睛。"另一位同学在他的启事标题下用红笔画了一个大问号。他寻找的不是"眼睛",是"眼镜"。

新校舍大门外是一条碎石块铺的马路。马路两边种着高高的有加利树(即桉树,云南到处皆有)。

马路北侧,挨新校的围墙,每天早晨有一溜卖早点的摊子。最受欢迎的是一个广东老太太卖的煎鸡蛋饼。一个瓷盆里放着鸡蛋加少量的水和成的稀面,舀一大勺,摊在平铛上，煎熟，加一把葱花。广东老太太很舍得放猪油。鸡蛋饼煎得两面焦黄，猪油吱吱作响，喷香。一个鸡蛋饼直径一尺，卷而食之，很解馋。

晚上，常有一个贵州人来卖馄饨面。有时馄饨皮包完了，他就把馄饨馅拨在汤里下面。问他："你这叫什么面？"贵州老乡毫不迟疑地说："桃花面！"

马路对面常有一个卖水果的。卖桃子，"面核桃"和"离核桃"，卖泡梨——棠梨泡在盐水里，梨肉转为极嫩、极脆。

晚上有时有云南兵骑马由东面驰向西面，马蹄铁敲在碎石块的尖棱上，迸出一朵朵火花。

有一位曾在联大任教的作家教授在美国讲学。美国人问他：西南联大八年，设备条件那样差，教授、学生生活那样苦，为什么能出那样多的人才？——有一个专门研究联大校史的美国教授以为联大八年，出的人才比北大、清华、南开三十年出的人才都多。为什么？这位作家回答了两个字：自由。

一九九二年七月五日

白 马 庙

我教的中学从观音寺迁到白马庙,我在白马庙住过一年。白马庙没有庙。这是由篆塘到大观楼之间一个镇子。我们住的房子形状很特别,像是卡通电影上画的房子,我们就叫它卡通房子。先前日本飞机常来轰炸,有钱的人多在近郊盖了房子,躲警报。后来日本飞机不来了,这些房子都空了下来,学校就租了当教员宿舍。这些房子的设计都有点别出心裁,而以我们住的卡通房子最显眼,老远就看得见。

卡通房子门前有一条土路,通到马路。三面都是农田,不挨人家。我上课之余,除了在屋里看看书,常常伏在窗台上看农民种田。看插秧,看两个人用一个戽斗戽

---

* 初刊于《大家》一九九四年第一期,初收于《草花集》。

水。看一个十五六岁的孩子用一个长柄的锄头挖地。这个孩子挖几锄头就要停一停,唱一句歌。他的歌有音无字,只有一句,但是很好听,长日悠悠,一片安静。我那时正在读《庄子》。在这样的环境中读《庄子》,真是太合适了。

这样的不挨人家的"独立家屋"有一点不好,是招小偷。曾有小偷光顾过一次。发觉之后,几位教员拿了棍棒到处搜索,闹腾了一阵无所得。我和松卿有一次到城里看电影,晚上回来,快到大门时,从路旁沟里窜出一条黑影,跑了。是一个伺机翻墙行窃的小偷。

小偷不少,教导主任老杨曾当美军译员,穿了一条美军将军呢的毛料裤子,晚上睡觉,盖在被窝上压脚。那天闹小偷,他醒来,拧开电灯看看,将军呢裤子没了。他翻了个身,接碴儿睡他的觉。我们那时教师都是这样,得、失无所谓,而可失之物亦不多,只要不是真的赤条条来去无牵挂,怎么着也能混得过去,——这位老兄从美军复员,领到一笔复员费,崭新的票子放在夹克上衣口袋里,打了一夜沙蟹,几乎全部输光。

学校的教员有的在校内住,也有住在城里,到这里来兼课的。坐马车来,很方便。朱德熙有一次下了马车,被马咬了一口!咬在胸脯上,胸上落了马的牙印衣服却没有破。

白 马 庙

镇上有一个卖油盐酱醋香烟火柴的杂货铺，一家猪肉案子，还有一个做饵块的作坊。我去看过工人做饵块，小枕头大的那么一坨，不知道怎么竟能蒸熟。

饵块作坊门前有一道砖桥，可以通到河南边。桥南是菜地，我们随时可以吃到刚拔起来的新鲜蔬菜。临河有一家茶馆，茶客不少。靠窗而坐，可以看见河里的船，船上的人，风景很好。

使我惊奇的是东壁粉墙上画了一壁茶花，画得满满的。墨线勾边，涂了很重的颜色，大红花，鲜绿的叶子，画得很工整，花、叶多对称，很天真可爱。这显然不是文人画。我问冲茶的堂倌这画是谁画的？——"哑巴。——他就爱画，哪样上头都画，他画又不要钱，自己贴颜色，就叫他画吧！"

过两天，我看见一个挑粪的，粪桶是新的，粪桶近桶口处画了一周遭串枝莲，深墨勾线，笔如铁线，匀匀净净。不用问，这又是那个哑巴画的。粪桶上描花，真是少见。

听说哑巴岁数不大，二十来岁。他没有跟谁学过，就是自己画。

我记得白马庙，主要就是因为这里有一个画画的哑巴。

一九九三年三月二十九日

我是沈先生的"得意高足"

一九九七年四月二日夜,汪曾祺做了个奇怪的梦,在梦里,他见到了已经去世的沈从文先生,"沈先生还是那样,瘦瘦的,穿一件灰色的长衫,走路很快,匆匆忙忙的,挟着一摞书,神情温和而执着"。在梦中,沈从文还在教汪曾祺写作,"文字,还是得贴紧生活。用写评论的语言写小说,不成"。

这句话,汪曾祺在西南联大时期就已经听过,他也不止一次提到"要贴到人物来写"是沈从文"小说学的精髓",可惜班上很多同学听了都不明白。汪曾祺倒是记了一辈子,梦里也要"复习"一遍。

汪曾祺自述他之所以报考西南联大的中文系,不能说是冲着沈从文去的,但"沈从文"对他确实很有吸引力,他填写投考志愿书时是想到了这一点的。因此爱逃课的汪曾祺，对于联大时期沈从文开过的课，却记得相当清楚，一共三门："各体文习作"、"创作实习"、"中国小说史"。他都选了。

沈从文不擅长讲课，汪曾祺却很擅长听课。他从沈先生那里学到的很多，比如不要为作品中的人物代言，要追求真实。这个要求看似简单，要对抗的却是另一套流行多年的小说学，在那套话语的统治下，多少作家，写了一辈子，笔下没有一个真实而"活"着的人。

从沈先生那里，汪曾祺还学会了怎样处理语言和细节，这是做一个"好"作家的关键。沈从文的文字中有稻草香味，有烂熟了山果气味，有甲虫类气味，有泥土气味。从来没有哪个作家写到过甲虫气味，汪曾祺说到这一点，总是充满钦佩。

就这样，在沈先生的课堂上，汪曾祺一点点地学会了"车零件"——掌握了写作的基本功，并因此受益终生。

和联大时期相比，重返文坛后的汪曾祺，以另一种方式继续着他向沈先生学习的旅程。从二十世纪八十年代到九十年代末，汪曾祺陆续写作了十余篇解读沈从文的文章，从《与友人谈沈从文》到《美——生命》，从《读〈萧萧〉》到《又读〈边城〉》，这一解读行为贯穿其整个创作时期的始终。

汪曾祺对沈从文其人其文的解读，是对沈从文的文学创作价值的重新"发掘"。当有人问及为何沈先生的作品生命力能这么长久时，汪曾祺回答："好看的应该长远存在。"这何尝不是他对自己重返文坛后面临的种种质疑的回应："小说可以这样写吗？""写这样的小说的意义何在？"

可以，意义就在于"好看"。

从这个层面看，汪曾祺对沈从文的解读，是一种"夫子自道"。

在解读沈从文的过程中，汪曾祺终于明确了自己的"传统"。他谈废名，谈沈从文，再谈自己的散文化小说。这是一条在文学史上若隐若现的河流，然而汪曾祺觉得它是最富有生命力的活水，在"汪汪地向前流去"。

在《自报家门》中，汪曾祺带着点孩子气地宣布自己是沈从文的"得意高足"。

这也许是他给自己的最高评价。

凌云岚
二〇二〇年七月十四日

图书在版编目（CIP）数据

梦见沈从文先生 / 汪曾祺著 . —杭州：浙江文艺出版社，2020.12
（汪曾祺别集）
ISBN 978-7-5339-6253-1

Ⅰ.①梦… Ⅱ.①汪… Ⅲ.①散文集－中国－当代 Ⅳ.① I267

中国版本图书馆 CIP 数据核字 (2020) 第 197315 号

梦见沈从文先生　　汪曾祺　著

出版策划	星汉文章　读蜜传媒				
出版统筹	金马洛	选题策划	李建新	责任编辑	余文军
装帧设计	生生书房	排版制作	胡亚超	责任印制	张丽敏

出版发行	浙江文艺出版社
网　　址	www.zjwycbs.cn
联系电话	0571-85152727（发行部）
经　　销	浙江省新华书店集团有限公司
印　　刷	浙江新华数码印务有限公司
开　　本	787 毫米 ×1092 毫米　1/32　　字　　数　164 千字
印　　张	9.75　　　　　　　　　　　插　　页　4
版　　次	2020 年 12 月第 1 版
印　　次	2020 年 12 月第 1 次印刷
书　　号	ISBN 978-7-5339-6253-1
定　　价	38.00 元

版权所有　违者必究

（如有印装质量问题，请寄承印单位调换）